스트레스 제로의 문을 연다

이완과 치유

스트레스 제로의 문을 연다

이완과 치유

윤종천 지음

도서출판 북인

책을 열며

현대인은 왜 아픈가

'질병은 천 개지만 건강은 하나'라는 말이 있다. 사람이 살아가는 동안에 걸릴 수 있는 질병의 종류는 셀 수 없이 많은 반면에 건강을 지키는 건 그만큼 어렵다는 말이다. 건강한 삶은 살아 있는 모든 이들의 바람일 것이다. 그러나 인류는 다양한 질병에 시달린다.

죽을 때까지 한번도 아프지 않다가 살다 가는 사람이 과연 있을까? 그 중엔 치료가 잘 되는 사람이 있는 반면에 지속해서 고통을 호소하는 사람들도 많다. 여기저기 아픈가 하면 잘 낫지 않는다고 하소연하는 이들 중에는 '긴장과 스트레스'에 의한 질환인 경우가 많다. 지속해서 그런 상태를 겪거나 반복해서 그런 상황에 놓이다 보면 결국 그로 인해 몸에 다양한 증상이 생기기 때문이다.

긴장은 소화를 안 되게 하고, 변비나 설사를 유발하고, 머리나 얼굴로 열이 오르거나 가슴 두근거림, 호흡곤란, 기침 등을 동반시킬 수 있다. 또한 두통, 생리통이 심해서 일상생활을 할 수 없을 정도로 힘들어지거나 목덜미나 어깨, 허리 등의 부위에 통증을 유발한다. 그리고 자궁, 방광, 전립선 등에 이상이 오기도 하고 심리적으로 긴장, 우울, 조울, 불면, 공황장애, 강박, 불안 등의 증상으로 인하여 불안정한 삶을 사는 이들도 많다.

대부분의 사람은 자신을 긴장시키는 상황을 좋아하지 않는다. 긴장이 올 때 동반된 몸과 마음의 변화를 통해 나쁜 기억을 갖기 때문이다. 긴장된 상황에 놓이면 근육이나 신경중추가 수축하고 흥분상태가 된다. 그러면서 몸도 마음도 힘겨워지면서 목덜미나 허리와 어깨 팔다리 등이 아프거나 두통, 소화불량, 변비 또는 설사, 탈모, 불안, 강박, 우울, 불면, 짜증, 손발 저림, 심장 두근거림, 생리불순, 불임 등과 같은 다양한 증상이 나타난다.

이러한 증상들이 발생하는 이유는 '긴장'이 우리에게 어떤 식으로든 영향을 주었기 때문이며, 그것으로 인하여 우리의 몸과 마음 그리고 정신적인 부분에 크고 작은 변화가 생겨났기 때문이다. 즉 우리는 '긴장'으로 인하여 몸과 마음 그리고 정신이 영향을 받으면서 아파하게 된다. 이때의 통증은 단순한 육체적인 부분에 머물지 않고, 심리적 통증이라고 할 수 있는 공포, 분노, 불안, 우울 등과 정신적 통증이라 할 수 있는 집착, 경직된 사고, 강박 등의 다양한 증상으로도 나타나게 된다.

안타까운 사실은, 이러한 증상들을 진료했을 때 통증이나 염증, 조직과 구조의 변화가 양의학적 소견으로 객관적이고 구체적으로 드러나 있을 때는 그나마 치료의 결과가 원하는 대로 나타나기도 하지만, 그렇지 않을 때는 치료 자체가 곤란할 때가 많다. 설령 객관적이고 구체적으로 드러나 있다고 하더라도 치료가 쉽지 않은 경우가 적지 않다.

가령 육체적인 통증 치료의 경우 양의학적 치료로는 신경을 차단하거나 통증을 억제하는 방법을 사용할 수 있다. 즉 진통제, 국소마취제, 부신피질 호르몬제, 신경파괴제, 신경차단술 등을 사용하면서 통증을 억제해준다. 이러한 방법은 원인을 치료하는 방법이기보다는 대증치료의 하나로서 현재의 통증 그 자체를 해소하고 진정시키는 목적으로 사용된다고 할 수 있다.

이러한 치료법은 염증성 질환, 두통, 위염, 과민성대장증후군, 생리통, 자궁염증, 방광염, 피부염 등의 치료에서도 비슷하게 사용되고 있다. 즉 속이 쓰리면 제산제, 염증이 있으면 항생제, 신경이 예민하면 진정제, 혈관이 확장되면 수축제, 막히면 제거제 등 대부분 현재의 통증과 증상을 덜어주고 진정시키는 방향에 초점을 맞추고 있다.

그렇다면 긴장으로 인한 심리적인 증상을 완화하는 데에는 어떤 방법을 쓸까? 불안, 불면, 우울, 긴장 등의 심리적인 증상을 치료하는 방법들도 역시 통증 치료의 방법과 유사하다고 볼 수 있다. 즉, 불안하면 항불안제, 잠을 잘 못 이루면 수면제, 우울하면 항우울제, 흥분하면 안정제 등의 방식으로 치료를 진행한다. 이런 치료법은 우울증, 공황장애, 불안장애, 틱, ADHD, 긴장성증후군 등 많은 심인성 질환 치료에서 현재 보편적으로 사용하고 있는 방법이다.

물론 이러한 치료 방법이 필요하면서도 일반적으로 흔히 사용되는 보편적인 것에는 분명하지만 안타깝게도 치료가 잘 안 되거나 혹은 치료가 잘 된 것처럼 보이다가도 재발하는 경우가 적지 않은 이유는 무엇일까? 그것은 아마도 치료의 목표가 원인 해결이 아닌 증상을 우선 완화하거나 안정화하는 데에 초점을 맞추기 때문일 수 있다. 그리고 이것은, 겉으로 드러난 증상의 치료만으로는 원인 제거가 되지 않는다는 걸 의미한다. 예를 들어 긴장으로 인하여 근육과 신경이 위축되어 다양한 통증과 불편함이 생겼을 때 겉으로 드러나는 '통증'에 대한 치료만으로는 그 원인인 '긴장'에 대한 부분까지는 치료하기 어렵다.

그러므로 이와 같은 보편적이고 일반화되어 있는 대증요법 이외에 원인에 대한 치료를 할 수 있는 방법, 즉 현재의 증상들이 일어나게 된 원인 중 '긴장'을 해소해줄 수 있는 근본적인 치료가 필요하다. 그렇게 되면 긴장으로 인해 발생한 다양한 증상과 질병들을 해소하고 치료하는 데도 많은 도움이 될 수 있다.

그렇다면 과연 '긴장'을 어떻게 해소할 수 있을까? 결론부터 말하자면 '이완弛緩, relaxation'에서 답을 찾을 수 있다. 이완은 마음과 몸의 긴장을 완화해주고 안정을 가져다주며 무엇보다도 스트레스, 불안, 공포, 만성긴장 등의 증상을 줄여주는 효과가 있다. 따라서 긴장과 상호 대립, 보완적인 관계인 이완은 자연스럽게 긴장을 헤소할 근본적인 해결책이 될 수 있다.

이 대목에서 많은 이들은 고개를 갸웃거릴지도 모른다. 이완의 필요성은 새로운 담론이 아니기 때문이다. 그리하여 사람들은 이렇게 말한다. 이완을 해왔음에도 앞에서 언급된 다양한 문제들이 해결되지 못했다고. 물론 과거에도 '이완'을 통한 치료법이 없었던 것은 아니지만 그 방법들이 충분치 않았다고 생각한다. 몸과 마음 그리고 정신적인 긴장으로 인한 다양한 신체적 심리적 정신적인 각종 증상과 질환들을 충분히 해결하기 위해서는 기존의 방식을 뛰어넘는 어떤 특별한 이완 방법이 필요하다.

다시 말하면, 이완이 필요하다는 것은 명확한 사실이지만 몸과 마음 그리고 정신적인 다양한 증상들과 그것의 원인이라 할 수 있는 '긴장'까지도 해결해줄 방법이 반드시 수반되어야 한다. 따라서 이 책은 치료가 쉬울 것 같으면서도 절대 쉽지 않았던 '긴장'이 초래하는 다양한 증상에 대한 중요한 치료법으로서 '이완'에 대하여 말하고자 하였다. 긴장을 어떻게 이해하고, 그로 인한 다양한 증상들은 왜 생기며, 또 어떤 것들이 있는지 그리고 기존의 치료법에서 놓치고 있는 부분이 무엇인지, 어떻게 해결하는 것이 좋을 것인가에 대하여 말하고자 하였다.

그 해결책으로 '정기신精氣神 이완요법'과 함께 '깊은 이완'의 필요성을 제시하여 기존의 이완요법과 어떻게 다른지와 그 차이가 갖는 의미와 가치, 그리고 미래 지향적인 삶의 태도에 관해서도 다루었다.

생각해보면 우리의 삶 자체가 '긴장' 즉 '지속적인 스트레스 상태'라고도 할 수 있다. 육체적이든 심리적이든 정신적이던 어떤 원인이 발생한다 하더라도 항상 긴장이 없을 수는 없으므로 결국 모든 증상은 이 '긴장'과 서로 연결될 수밖에 없다. 그러므로 긴장을 해결하는 것이 모든 증상을 안정시키고 효과적으로 치료하기 위해 무엇보다도 중요한 부분이라 할 수 있다.

그러나 이렇게 대부분의 질병이 '긴장'과 연결되어 있다고는 하지만 현실적으로 이 부분에 대한 치료가 쉽지 않고, 이로 인한 고통과 괴로움을 호소하는 사람들이 점점 더 많아지는 것은 안타까운 일이다. 현대사회로 올수록 환경의 변화가 급속도로 빨라지고 있으므로 긴장을 초래하는 일은 당연히 많아질 수밖에 없다. 긴장이 많아진다는 건 몸과 마음이 불편해진다는 것이며 그만큼 다양한 증상에 시달릴 확률도 높아진다. 즉 이러한 부분에 대한 의학적 필요성이 심각하게 대두되고 있는 상황이다.

이제 의학도 기존의 틀에서 벗어나 다면적인 치료 방법을 수용해야 하는 시기라고 생각한다. 과학과 정신세계가 발달하는 만큼 의학도 이제는 더 깊어지고 확장돼야 한다. 그래서 물질적인 부분을 넘어서 비물질적인 부분까지 수용 통합하며, 육체적인 부분을 넘어서 의식과 마음의 힘인 '무형의 에너지'를 이용하는 의학으로 더 나아가야 한다.

이러한 내 바람을 온전히 담아내기엔 필력이 한없이 부족하다는 걸 책을 쓰는 내내 절감하였다. 많은 분이 이 책을 밝은 눈으로 읽어주기를 바라며, 이 책을 쓴 뜻을 잘 받아들여 부디 그분들의 일상이 안녕하고 건강하게 이완되기를 기원한다.

2022년 02월

봄길한의원장 윤종천

차례

제2장 통증 치료

제3장 깊은 이완, 정기신 통합치료

제1장

스트레스는 당신을 병들게 한다

스트레스와 불행은 자신이 처한 상황으로부터 오는 것이 아니라, 그 상황을 대처하는 방식에서 온다.

— 브라이언 트레이시

스트레스와 긴장

원하는 일이 잘 안 풀릴 때, 중요한 시험을 앞두고 있을 때, 인간관계에서 다툼과 갈등이 있을 때, 업무량이 많을 때, 곤란하고 힘든 상황에 부닥쳤을 때 사람들은 흔히 "스트레스 받는다"란 표현을 쓴다. 하루에도 수십 수백 번 크고 작은 스트레스를 받곤 한다. 같은 상황에서도 어떤 사람은 더 스트레스를 받는가 하면, 어떤 사람은 덜 받거나 거의 받지 않는다. 스트레스를 잘 받는 사람은 그렇지 않은 사람에 비교해 일상에서 여러 불편함과 고통을 느끼게 된다. 몸과 마음에 다양한 증상이 나타나는가 하면 나아가 질병이 되기도 한다. 스트레스는 그만큼 심신에 미치는 영향이 크다.

그렇다면 스트레스란 도대체 무엇이며 사람에게 어떤 영향을 미치는 걸까?

어떤 물체가 외부로부터 힘을 받았을 때 생기는 형태와 부피의 변화를 스트레인strain이라고 하는데, 그때 평형을 유지하기 위해 내부 상호 간에 발생하는 힘을 스트레스라고 한다. '스트레스stress'란 단어는 '팽팽하게 죄다'라는 뜻을 가진 라틴어 '스트링거stringer'라는 물리학 용어에서 만들어졌다.

스트레스란 단어를 의학용어로 처음 사용한 이는 캐나다 몬트리올대학의 내분비학자 한스 휴고 브루노 셀리에 박사이다. 그는 살아 있는 쥐를 대상으로 한 실험에서 '스트레스에 대한 신체적 · 생리적 반응'을 연구한 결과, 1946년에 '스트레스가 질병을 일으키는 중요한 인자'라고 발표하였다.

즉, 스트레스가 질병 발생에 영향을 미친다는 최초의 의학적 주장이 제기된 건 불과 70여 년밖에 되지 않았다. 그러나 누구도 부정 못할 사실은 스트레스 여부는 용어 유무와 상관없이 인간에게 아주 오래 전부터 있었을 것이다.

한스 휴고 브루노 셀리에 박사는 스트레스가 질병을 초래할 만큼 미치는 영향이 크다고 전제하면서도 스트레스가 반드시 나쁜 결과

만을 가져오는 건 아니라고 하였다. 적절히 대응하여 자신의 향후 삶에 긍정적으로 작용하는 스트레스 요인을 '유스트레스eustress', 불안이나 우울 등의 부정적 반응을 만들어내는 스트레스 요인을 '디스트레스distress'라고 구분한 바 있다.

현대를 살아가면서 스트레스를 전혀 받지 않고 살아갈 수는 없는 만큼 스트레스를 받는 상황에 부닥쳤을 때 현명하게 대처해서 자신에게 긍정적인 계기로 만든다면 스트레스 또한 약이 될 수 있다. 한스 휴고 브루노 셀리에 박사가 일찍이 정의했듯이 '스트레스를 받는다'라는 말은, 외부 자극이나 변화에 대한 신체적, 정신적, 행동적 반응을 의미한다.

즉, 누군가가 '스트레스를 받았다'라고 한다면 심리적인 부분만 국한되는 게 아니다. 육체적 혹은 정신적인 부분에도 작용한다. 몸과 마음, 정신이 하나이며 서로 분리돼 있지 않기 때문이다. 예를 들어 몸이 아프면 마음과 정신이 괴롭고, 마음이 괴로우면 몸과 정신도 힘들어질 수 있기 때문이다. 이러한 사실에도 불구하고 지금까지는 몸과 마음 그리고 정신을 하나로 연결하지 않고 각각 구분해왔었다. 그래서 질병을 진단하고 치료하는 데 있어서 잘 낫지 않는다거나 재발하는 등의 한계가 드러났다고 볼 수 있다.

그러다보니 스트레스로 인해 몸과 마음 그리고 정신에서 다양한 증상들이 생겼을 때, 여기에 대한 진단과 치료가 서로 분리되어 진행되었었다. 예를 들어 스트레스로 인해 육체적인 통증이 생겼을 때 심리적인 부분이 치료 대상에서 제외되거나, 심리적인 치료의 경우에도 심리치료 시 동시에 나타나는 육체적인 증상 역시 치료 범위에서 제외되는 경우가 발생하였다.

또 다른 한계 중 하나는, 스트레스를 어떤 부분에서 받고 있는지를 알기 힘들었다는 점이다. 인체는 하나의 존재로서 몸과 마음 정신을 서로 구분하기 어려운 까닭에 어떠한 원인에 의하여 스트레스 상황이 되었을 때 정기신精氣神, 즉 精=몸, 氣=마음, 神=의식의 어떠한 부분들이 얼마나 영향을 받게 되었는지를 구체적으로 판단하고 분석하고 인식하기가 쉽지 않다.

그리고 스트레스로 인하여 다양한 증상이 발생했을 때 그것이 정리되지 않고 있는 상황에서 또 다른 새로운 스트레스나 치료 과정에서 여러 복잡한 이유에 의하여 다양한 변화가 생겼을 때 무엇이 얼마나 어떻게 변화가 되었는지에 대한 구체적인 판단과 인식 또한 어렵다는 한계가 있었다. 따라서 이러한 한계들로 인해 당장 확인이 가능한 증상의 치료에만 집중할 수밖에 없었고 그러면서 그 원인에 대한 치료와 관리는 외면당할 수밖에 없었으리라 본다.

스트레스는 실로 여러 질병의 시작일 뿐만 아니라 과정이며 끝이며 전부라고 해도 과언이 아니다. 즉, 스트레스로 시작하고 스트레스로 끝이 난다고 말할 수 있을 만큼 현대의 많은 증상과 질병들은 스트레스와 관련되어 있다. 사람은 태어나는 그 순간부터 항상 자극을 받으면서 살아가게 된다. 신생아가 바깥세상에 나오자마자 "으앙" 하는 울음이야말로 빛에 대한, 달라진 공기에 대한, 미지의 세계에 대한 스트레스 반응일 수 있다.

살아가는 동안 사람들은 수많은 종류의 크고 작은 스트레스를 받게 된다. 그리고 질병 대부분은 '스트레스로 인한 긴장'에 의해 발생했다고 해도 틀린 말은 아니다. 최근에는 업무상 받은 스트레스로 인한 우울증, 공황장애, 자살 등도 '업무상 스트레스에 의한 산재'로 인정해주고 있다. 스트레스가 사람에게 전방위적으로 얼마나 많은 부정적인 영향을 주고 있느냐에 대한 사회적 합의가 법률로까지 이어졌다는 걸 의미한다.

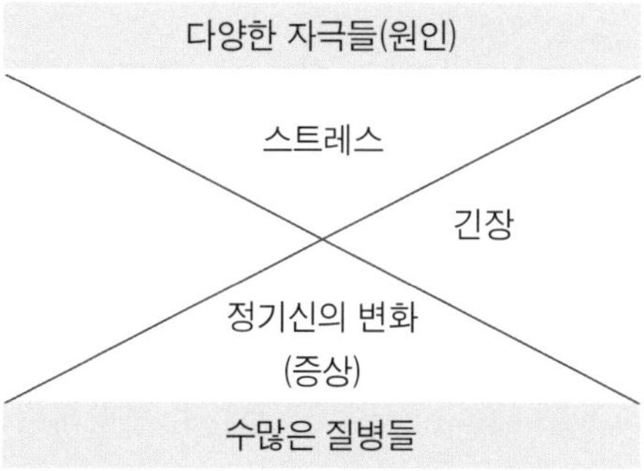

스트레스를 일으키는 이유는 매우 다양하다. 분노, 불안, 우울, 공포, 흥분 등의 심리적인 이유나 배고픔, 배부름, 외상, 추위, 더위, 바람, 비, 냄새, 소음, 벌레 등으로 인한 육체적인 이유, 그리고 고민, 충격, 생각, 판단, 결정 등 정신적인 이유 등등 수많은 요소로 인해 스트레스를 받게 된다. 즉 유형과 무형, 물질과 비물질 등 모든 부분에서 우리의 정기신은 영향을 받게 되고 그걸 한마디로 '긴장'이라고 말할 수 있다.

스트레스를 전혀 받지 않고 살아갈 수 있을까? 결론부터 말하면 불가능하다. 스트레스 없는 삶을 살 수 없다는 현실에 대한 인식은 자신의 불완전성을 더 불안하게 만드는 요인이지만 그래도 아주 절망적이지만은 않다. 스트레스를 최소화할 수 있고 극복할 수 있는 열쇠만 발견하면 얼마든지 가능하기 때문이다. 그 열쇠에 대해서는 3장에서 자세하게 다루고자 한다.

사람은 살아가는 동안 언제든 어디서든 무엇에서든 자극(스트레스)을 받게 되고, 그 자극으로 인해 각자 나름의 방식으로 정기신이 다양한 긴장 반응을 하게 된다. 이때 겉으로 드러나며 만들어진 '반응 결과'가 '증상'이고, 이 증상들이 구체화, 기질화, 만성화가 되면서 '질병'을 초래한다고 볼 수 있다. 질병은 유무형의 다양한 원인에서 비롯된 몸과 마음 그리고 정신적인 스트레스에 의하여 발생한 긴장이 만들어낸 다양한 결과물이다. 그러므로 치료를 위해서는 이

'결과'에 대한 치료를 하여야겠지만, 때에 따라서는 그러한 질병이 형성되기까지의 과정에 대한 치료도 역시 필요하다고 볼 수 있다.

스트레스를 받으면 나는 긴장이 된다

사람은 자신의 외부와 내부로부터의 다양한 자극에 반응하게 된다. 이때 '반응'을 한다는 것은 '스트레스를 받고 있다'는 것이며, 몸과 마음 혹은 정신이 긴장 상태라는 것을 뜻한다. 즉, 반응이 곧 긴장을 의미한다고 할 수 있다. 따라서 이렇게 '긴장'이 되면 신체 전신에서의 근육이나 신경의 일시적 혹 지속적인 수축이나 흥분이 일어나게 되는데 이는 심리적 혹은 정신적인 부분에서도 마찬가지이다. 결국 정기신 모든 부분에서 일어나는 변화는 단순한 것에서부터 깊고 넓고 심각한 부분에 이르기까지의 반응 즉 '긴장'을 형성하게 되고 점차 질병으로 이어지게 된다.

따라서 모든 질병은 아닐지라도, 대부분 우리가 알고 있는 많은 '스트레스'와 관련이 있는 질환들, 특히 신경성, 긴장성, 심인성 질환뿐만 아니라 애매하고 모호하고 막연하게 취급되었던 질환들의 경우에서도 같은 맥락으로 볼 수 있다. 그리고 원인을 정확하게 알 수 없는 만성통증이나 염증성 질환들 역시 그런 인과관계에서 원인을 찾아보는 게 타당할 것이다.

스트레스는 도처에 있다

스트레스는 어느 곳에서도 받을 수 있다. 잠에서 깬 순간부터 잠들기 직전까지 수많은 스트레스가 존재한다. 심지어 잠을 자는 동안에도 부지불식간에 스트레스를 받을 때가 있다. 스트레스를 받으면 긴장이 되면서 여러 증상과 질병들을 일으키게 된다. 그런데 대부분 사람은 심하거나 또는 만성적인 경우를 제외하고는 스트레스와 관련이 없다고 생각한다. 다소 연관이 있더라도 직접적인 원인이 될 거라는 생각은 하지 않는다. 그러다보니 치료 역시 '긴장'과는 다소 동떨어진 방법으로 진행되는 경우가 많다.

그런데 스트레스를 받게 되면 몸과 마음 그리고 정신적인 반응, 즉 스트레스로 인한 긴장으로 인하여 육체적인 부분뿐 아니라 심리적, 정신적인 부분에서도 변화가 일어나게 된다. 이런 경우 만약 그 변화의 정도가 작고 단순하다면 인체의 변화도 크지 않고 기능적인 변화만 형성될 수도 있겠지만 반복적이고 폭발적, 지속적으로 된다면 인체는 기능적인 부분을 넘어 구조적, 기질적 변화를 일으키면서 다양한 증상과 질병을 유발할 수 있다.

그리하여 육체적으로는 만성적인 통증과 염증이 생기고, 육장육부六臟六腑(간肝, 심心, 비脾, 폐肺, 신腎, 심포心包의 육장六藏과 담膽, 소장小腸, 위胃, 대장大腸, 방광膀胱, 삼초三焦의 육부六腑)의 기능 약화와 손상, 만성피로감, 근육과 신경 등의 신체 조직의 순환 정체와 위축 및 약화 등이 발생한다. 또한 척추와 관절 등의 구조적인 변화로 인한 목, 어깨, 허리, 골반 등에 이상이 생기며, 심리적, 정신적으로는 불면, 우울, 불안, 강박, 공포, 화병, 공황장애 등이 발생할 수 있다.

한편 자율신경계의 관점에서 본다면 교감신경의 흥분을 일으켜 심장박동과 호흡 횟수가 증가하며 고혈압, 당뇨병, 심장병, 기침, 천식, 불안, 불면, 초조, 긴장 등을 일으킬 수 있다. 그리고 백혈구의 과립구 증가로 인한 감염 위험성과 동시에 활성산소의 유발로 인한 조직의 파괴, 림프구 감소로 인한 면역력 약화 등으로 이어질 수 있다. 반대로 부교감신경을 억제하여 소화기와 배설, 생식기능을 약화시켜 소화불량, 변비 또는 설사, 방광염, 질염, 생리통, 불임 등의 증상들을 유발하는 외에도 수많은 증상과 질병을 발생시킬 수 있다. 이렇다보니 긴장이 원인이 아닌 경우가 거의 없을 만큼 우리가 알고 있는 많은 증상과 질병들은 대부분 여기에 해당한다고 해도 지나친 표현이 아니다.

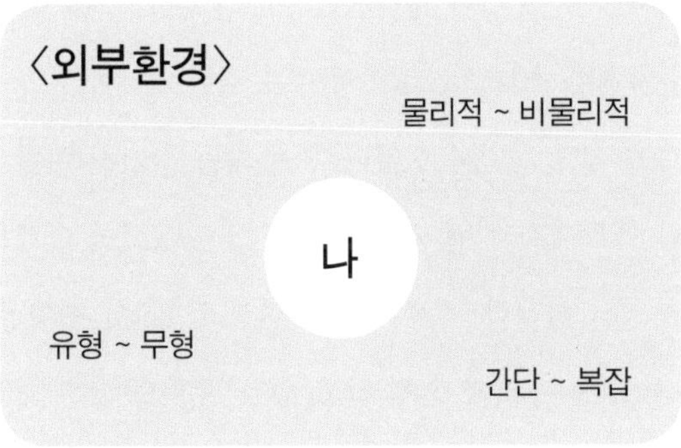

나와 나의 외부 환경

'나'라는 존재는 외부 환경이라 할 수 있는 '나 아닌 모든 것'과 더불어 살고 있으며 둘 사이에는 서로 간의 '경계 지점'이 존재한다. 즉 '나'는 '나 아닌 모든 것'으로부터 둘러싸인 환경 속에서 살면서 그 '경계 지점'에서 다양한 자극을 받으며 살아가고 있는 존재라고 설명할 수 있다. 그리고 이때의 외부 환경은 물질적인 것도 있고 비물질적인 것도 있으며, 유형적인 것도 있고 무형적인 것도 있다. 또한 아무것도 없을 수도 있고 다양하고 복잡할 수도 있다. 그러므로 존재하든 존재하지 않든 모든 것은 '나'의 외부 환경이 될 수 있다.

이렇게 사람은 외부 환경으로부터 끊임없이 스트레스 즉 자극을 받으면서 살아가는 존재이다. 그러므로 '나'와 '외부환경'이라는 상호 관계에서 보면 스트레스를 유발하는 원인은 매우 많다고 볼 수 있으며, 어쩌면 모든 것이 스트레스라고 할 수도 있을 것이다. 그러다보니 삶 자체가 스트레스라고 할 수도 있다.

하루하루를 생활하면서 수없이 겪게 되는 정기신의 많은 변화들이 모두 다 스트레스가 될 수 있으므로 그 과정에서 발생하는 다양한 증상들 역시 이러한 '스트레스'의 연결고리에서 벗어날 수는 없다고 볼 수 있다. 우리가 흔히 알고 있는 많은 증상은 대부분 이러한 흐름에서 이루어진 일종의 '스트레스의 결과물'로서 존재한다고 해도 과언은 아니다.

'나'와 '나 아닌 외부환경'은 일치하는 관계가 아니므로 늘 대립과 갈등을 유발하며 그 속에서 살아가면서 긴장으로 인한 다양한 질병이 발생할 수밖에 없다. 그런데 그렇게 긴장된 상태로 살아가고 있지만 정작 그것이 질병과 얼마나 어떻게 밀접하게 연결되어 있는지를 잘 안다는 것은 쉬운 일은 아니다.

안타깝게도 사람들은 지금 이 순간에도 몸과 마음 그리고 정신이 과도하게 긴장된 상태로 살아가고 있으며, 그로 인하여 기존의 질병이 더 깊어지거나, 다른 형태로 바뀌거나, 혹은 잘 낫지 않게 되거나, 아니면 다른 질병들이 추가로 발생하는 상황을 피해가지 못한다. 질병을 초래할 만큼의 상태를 인지할 수 있다면 좋겠지만 안타깝게도 그것을 정확하게 알기란 쉽지 않다.

대부분은 언제 어느 순간 어떻게 무엇 때문에 스트레스를 받고 긴장을 하게 되었는지 잘 모를 때가 많고 그러다보면 본인의 질병이 어떤 상태인지, 긴장은 어느 정도 깊이 스며들어 있는지, 또한 얼마나 연결되어 있는지 알지 못한다. 다르게 말한다면 현재 얼마나 어떻게 긴장된 삶을 살아가고 있는지조차 잘 모른 채 살아가고 있다. 스트레스를 받을 일은 도처에 있으나 그게 자신에게 들어와서 어떤 작용을 하는지 모른다는 것, 그래서 스트레스를 제대로 처리하지 못하는 것이다.

어떤 것도 스트레스가 되지 않을 수 있다

스트레스 즉 외부 환경으로부터의 자극은 몸과 마음 그리고 정신에서 받게 된다. 그런데 비슷한 스트레스라 할지라도 나타나는 증상들이 서로 다른 경우가 많은데, 그것은 아마도 그것을 받아들이는 사람이 다르기 때문이다. 즉 각자의 환경이 다르고, 감정이 다르고, 생각이 다르며, 컨디션이 다르고, 장부 상태가 다르며, 살아온 삶 등 모든 것이 같을 수 없기 때문이다. 심지어 유사한 조건의 사람일지라 하더라도 다를 수 있다.

누군가에게 스트레스가 갈 때 다 다르게 간다. 가는 상황이 다르고 받아들이는 상황이 다르다. 언제인가? 어떻게 펼쳐졌는가? 어떤 환경인가? 어떤 사람이 받았는가? 어떻게 받아들였는가? 사람마다 다르고, 그게 자신한테 어떤 작용을 할지 자신이 그것에 대해 얼마나 긴장을 하고 있는지 정확하게 알기가 어렵다. 사람들은 스트레스 상황에 당면했을 때 불편함, 당황, 걱정, 불안, 의기소침, 회피, 짜증, 분노, 낙심 등등의 감정에 사로잡힌다. 그러다가 누군가는 그 감정에서 점점 놓여나고 누군가는 그 감정에서 헤어나지 못하게 된다.

같은 길을 걸으면서도 누군가에게는 보이고 들리는 것들이 누군가에게는 보이지 않고 들리지 않을 수 있다. 자기 생각에 골몰해 있는 사람은 발 앞의 장애물조차 보지 못할 수 있다. 어느 만큼 볼 수 있을까? 어느 만큼 들을 수 있을까? 어느 만큼 느낄 수 있을까? 하고자 하는 마음이 있어야 들을 수 있고, 볼 수 있고, 느낄 수 있다.

특히 이러한 부분에서는 의지 즉 생각의 부분이 중요하다 할 수 있는데, 아무리 다양한 소리를 들었어도 그 가운데에 기억에 남는 것도 있지만 반면에 그렇지 않은 것이 있고, 길거리에 수많은 간판이 있어도 눈에 잘 들어오는 것이 있는 반면 전혀 눈에 들어오지 않는 것도 있다. 듣고자 하고 보고자 하는 의지가 있으면 느낄 수도 있고 볼 수도 있겠지만, 그렇지 않다면 잘 인식할 수 없다.

이렇게 스트레스로 인하여 생겨나는 다양한 반응들은 외부 환경도 중요하지만, 그것을 받아들이는 사람의 의지와 생각 즉 정신적인 상태에 따라서 그것이 스트레스가 될 수도 있고, 안 될 수도 있다. 같은 조건에서 같은 스트레스가 닥쳐도 사람들이 받아들이는 강도는 그래서 다를 수밖에 없다.

스트레스는 외부 환경으로부터의 '내'가 느끼는 주관적인 것으로, 그것이 아무리 부드럽고 아늑하다고 하여도 내가 그것을 편안하게 받아들일 수 없다면 그것은 스트레스가 될 수 있다. 아무리 시끄럽고 어수선하며 설령 어떤 위험한 상황이라 할지라도 그것에 별로 부담을 갖지 않고 편안하게 여길 수 있다면 심각한 스트레스가 되지 못한다.

예를 들어 아무리 귀하고 비싼 물건이라도 상황에 따라서는 싫고 거부감을 느낄 수 있으며, 아무리 흔하고 보잘것없을지라도 상황에 따라선 둘도 없이 귀하고 소중하며 행복감을 줄 수도 있다. 따라서 어떤 외부 환경이 스트레스가 되고 안 되고는 그 사람의 상태 즉 몸과 마음과 정신적인 상태가 중요한 변수가 될 수 있다.

결국 '내'가 외부 환경을 잘 받아들여 자신의 것으로 수용해버리면 괜찮겠지만 그렇지 못하고 거기에 매몰되어 있거나, 받아들이긴 했어도 그것을 완전히 자신이 소화 · 흡수시키지 못하고 있다면 그 외부 환경은 자신에게 스트레스가 될 수 있다. 예를 들어 빵을 먹고 소화가 되는 과정을 생각해본다면, 이때 빵은 외부 환경에 해당할 수 있다. 즉 빵이라는 외부 환경을 그냥 보고 있으면서 먹을지 안 먹을지 갈등할 수도 있으며 또는 먹었지만 빵이 그대로 뱃속에 머물러 있을 수도 있고, 아니면 완전히 소화되어 몸속으로 흡수되었을 수도 있다.

빵을 먹고 완전히 소화된 경우라면 외부 환경에 크게 영향을 받지 않은 상태이거나 외부 환경과 잘 조화된 상태로 스트레스가 별로 없는 상태라고 말할 수 있다. 하지만 빵을 먹을지 말지 갈등하거나 먹었어도 뱃속에 그대로 머물러 있다면, 현재의 환경에 의한 스트레스 상태라고 볼 수 있다. 즉 빵이라는 외부 환경에 의한 육체적, 심리적, 정신적 불편함이 발생하고 있는 것이다.

이처럼 외부 환경을 어떻게 느끼고 받아들이는가 하는 것은 스트레스 형성에 매우 중요한 부분으로 만약 이 환경을 온전히 수용하여 '자기의 것'으로 만들어놓지 않는다면 환경은 언제나 '나와 다른 것'으로 존재하게 되면서 늘 스트레스의 요인으로 작용할 수 있을 것으로 본다.

일본의 저명한 치과 교수 아보 토오루는 그의 저서 『의료가 병을 만든다』에서 "과로, 수면 부족, 극심한 정신적 스트레스, 과격한 운동 등 교감신경의 긴장을 일으키는 모든 행위는 과립구 증다증이 일어나 자극, 감염, 스트레스, 그 위에 더한 교감신경 자극이 가해지면 다발성 장기부전이 유도된다"고 하면서 스트레스가 건강에 미치는 영향을 강조하였다.

'나'라는 존재는 몸과 마음 그리고 정신의 모든 부분에서 '나 아닌 모든 것' 즉 외부 환경과 만나게 되는데, 이때 그 만남을 통해 적절한 관계 형성이 이루어지고 원활한 소통이 이루어진다면 스트레스는 특별히 형성되지 않겠지만, 그렇지 않고 불편함과 불통이 지배한다면 그 환경은 스트레스가 될 수 있다.

그러므로 스트레스를 극복하기 위해서는 우선 자신의 몸과 마음 그리고 정신의 건강과 안정이 필요하며, 아울러 외부 환경과 잘 소통하고 조화롭게 살아가고자 노력한다면 충분히 스트레스를 극복할 수 있고 더불어 건강하고 행복한 삶을 살아갈 수 있다.

긴장은 왜 질병을 부르나

온몸이 아픈데 병원에서는 이상이 없다고 하는 이들이 많다. 온갖 검사를 다 해도 여전히 정상으로 나온다. 병명이라도 알면 좋으련만, 이유라도 알면 좋으련만 의사들은 하나같이 이유를 모르겠다는 말만 한다. 이처럼 몸에 아무 이상이 없다고 하는데도 불구하고 다양한 부위에서 만성통증으로 괴로워하는 사람들이 많다.

보통 환자 7명 중 1명 정도가 이런 경우의 환자에 해당하는 것으로 보고 있다. 현대의학에서는 흔히 '심인성'이라는 말로 '원인을 모르는' 증상을 설명하려고 한다. 정신적인 요인, 즉 심한 스트레스로 인체 시스템이 깨져서 발생하는 증상으로 본다. 치료는 통증 치료보다는 심리 정신적인 부분 즉 우울, 강박, 불안, 불면 등의 치료를 받아야 한다고 권한다. 이에 뇌의 신경전달물질을 조절하는 방향으로 신체적인 통증을 다스리고 있다.

그런데 이러한 치료 방법에는 한계가 있다. 일반적으로 인체가 심각하게 시스템이 깨어지지 않아도 여러 통증이 발생할 수 있기 때문이다. 보통 이것을 한의학에서는 '미병(未病)'이라고 하고 서양의학에서는 '심인성' 또는 '신경성'이라고 표현한다. 한의학에서의 '미병未病'이란, 아직 질병으로 발전하진 않았지만 불편한 증상을 가지고 있어서 몸과 마음이 안녕하지 않은 상태를 말한다. 즉 실체가 없지만 '증상'을 가지고 있는 '질병과 마찬가지의 상태'라고 할 수 있다.

이러한 경우도 대부분 스트레스와 관련된 것으로 구조적 기질적 변화에선 아직 객관적으로 충분히 확인할 수 없는 상태라고 볼 수 있다. 결국 만성통증뿐만 아니라 다양한 심인성, 신경성 질환들은 모두 '긴장'과 관련된다고 할 수 있다. 그렇기 때문에 만약 자신의 질병이 '스트레스'나 혹은 '이완'과 '안정'을 통하여 심해지거나 완화가 된다면 직접적이든지 간접적이든지 '긴장'과 관련된 증상이나 질환이라고 생각하면 크게 틀리지 않을 것이다.

자기 자신을 제일 잘 아는 사람이 당사자이다. 그러나 어떤 점에서는 자신에 대해 잘 모르는 것도 당사자이기도 하다. 거울에 비친 자신의 모습조차도 실제의 모습과 반대의 모습으로 보이는 것이니, 실제의 자신을 본다는 것은 결코 쉬운 일은 아니다. 마찬가지로 '긴장된 자신'을 보는 것 또한 쉽지 않은 일이며 왜, 얼마나, 어떻게 긴장하고 있는지 스스로를 이해하고 인정하는 것 또한 어려운 일일 수 있다. 그러다보니 어떤 증상이 생겨도 그것과 '긴장'과의 관련된 정도를 잘 알기 힘들 때가 많다. 그래서 엉뚱한 방향으로 치료가 진행되기도 하는 등의 오류가 생기기도 한다.

설령 긴장으로 인하여 질병이 발생하였다는 것을 알게 되었다 하더라도 그것을 해결하는 것 또한 쉽지 않다. 그 이유는 치료의 방향이 질병의 원인이라 할 수 있는 '긴장'을 중심으로 치료하는 것이 아니라 현재 나타나 있는 증상들의 치료에 집중하는 경우가 많기 때문이다.

우리는 온전하지 않은 존재로서 살아가고 있으며, 태어나서 지금까지 듣고 보고 배우고 익힌 것 또한 전체의 극히 일부분에 불과할 수 있기 때문에 스스로가 확신하고 있는 사실이 진실이 아닐 가능성 또한 많다. 그 사람이 본 것이 전부가 아니고, 알고 있는 것이 전부가 아니라는 것이다. 그렇기 때문에 언제나 착각과 오류가 생길 수 있으므로 질병의 원인과 치료를 이해하고 생각할 때도 항상 마음을 열고 접근해야 한다.

나는 왜 아픈가?
나는 어디가 아픈가?
무엇이 문제인가?
왜 낫지 못하는가?

스트레스는 긴장을 불러온다. 긴장을 동반하지 않는 스트레스는 거의 없다고 봐야 한다. 스트레스가 올 때 그 사람은 어디든 긴장된다. 긴장은 몸과 마음에서 함께 이루어지는 것으로, 이러한 상태를 교감신경이 항진된 상태라고 이야기한다. 다르게는 '교감신경이 지배하고 있다'라고도 표현한다. 그리고 반대로 긴장 상태가 안정되면 '부교감신경이 지배하고 있다'라고 표현된다. 따라서 긴장이 지속적, 반복적, 폭발적으로 이루어진다는 것은 교감신경도 역시 그러한 흐름으로 계속 항진되어 있다고 볼 수 있다.

다양한 육체적, 심리적, 정신적 스트레스로 인해 교감신경이 항진되면 전투 모드로 돌입하는데, 이러한 교감신경의 전투 상태가 지나치게 되면 병이 된다. 즉 혈액순환을 방해하거나 통증과 염증을 유발하며, 장부 조직을 약하게 하고, 조직을 파괴하고 약화시키며 면역력을 떨어뜨리고, 근육과 신경을 긴장시켜 위축되게 만들어

불안, 불면, 흥분, 강박, 짜증, 우울, 분노, 공포, 공황 등의 변화를 일으키게 한다.

우리가 인식하지 못하더라도 많은 질병이 이러한 몸과 마음의 긴장 때문에 발생하며, 기존의 질병들도 이것으로 인하여 더욱 심각해질 수 있다. 따라서 긴장은 질병을 발생시키는 주된 원인인 동시에 질병을 악화시키는 중요한 이유가 되며, 어쩌면 질병 그 자체라고 볼 수도 있다.

다시 말하면 스트레스로 긴장이 되면 교감신경이 활성화가 되는데, 만약 이 상태가 지속 반복 과잉되어 교감신경이 지나치게 과항진되면 몸과 마음은 더욱더 긴장하고, 통증과 염증, 경직과 순환장애, 불안과 불면, 강박과 공포 등의 증상들이 강하게 형성되는 등 심신은 더욱 약해진다. 물이 고이면 썩게 되듯이 인체의 기운과 혈액도 지속적인 긴장으로 인하여 순환이 되지 않으면 통증이 생기고 여러 불편한 증상들이 나타난다.

아보 토오루는 앞에서 말한『의료가 병을 만든다』에서 과로, 업무상의 대인관계에서 오는 갈등, 마음의 깊은 고민 등의 스트레스가 우리의 교감신경계를 과도하게 긴장시켜 병을 만드는 경우가 압도적으로 많다고 말하였다. 현재 업무상 스트레스에 의한 여러 증상과 질환들이 산재로 인정받고 있다는 것은 우리 사회에 만연한 스트레스와 그 작용이 결코 사소하지 않다는 것을 시사한다.

스트레스는 사람을 어떻게 만드나

환자들에게 의사들이 가장 많이 하는 당부 중 하나가 "스트레스를 받지 마세요"이다. '스트레스가 당신을 아프게 하거나, 더 아프게 할 수 있다'는 경고성 주문이다. 거의 모든 의사가 '스트레스'가 사람들에게 어떤 문제를 일으키는지 알고 있다. 그런데 '내'가 있어야 모든 것이 존재할 수 있듯이 스트레스는 당사자 없이 어떤 영향도 미치지 못한다. 따라서 스트레스도 역시 환경 속에서 '내'가 존재하기 때문에 만들어지는 것이므로, 결국 '나'라는 존재가 없으면 스트레스도 없다.

우리는 항상 자신을 둘러싸고 있는 외부 환경에 영향을 받으면서 살아간다고 볼 수 있다. 만약 현재의 환경이 힘들다고 느낀다면 그것은 스트레스가 되는 것이고, 그렇지 않다면 아니라고 볼 수 있다. 스트레스를 스트레스로 느끼지 않는다면 그게 어찌 스트레스가 될 수 있겠는가?

그런데 외부 환경이 스트레스로 작용하는 때에는, 보통은 심각하거나 급격한 변화는 크게, 가볍고 완만한 변화는 작게 되는 것이 보편적이다. 물론 바다 한가운데서 폭풍우가 몰아쳐도 몸과 마음이 고요할 수 있고, 반대로 아주 작은 소리로 똑딱거리는 시계 초침 소리와 작은 빗방울에도 몸서리치며 괴로워할 수 있다.

그러므로 환경과 스트레스를 이해할 때엔 반드시 평범하고 보편적인 것으로만 이해해서는 안 된다. 즉 그것이 누군가에게 스트레스였는가 아닌가를 균일한 기준으로 판단하면 안 된다. 외부 환경이 급격하게 심각해진다 할지라도 큰 영향을 받지 않을 수 있고, 오히려 작은 변화에 커다란 변화를 일으킬 수도 있다. 각 개인의 몸과 마음 그리고 정신 상태에 따라 얼마나 많은 스트레스를 받게 되는가 하는 것은 각각 다를 수밖에 없다. 그래서 누군가는 어떤 스트레스에 직면해서 극단적인 선택을 하기도 하고, 누군가는 스트레스를 느끼지 않을 수도 있다.

스트레스를 받는다는 것은 외부적인 환경도 중요하지만 결국 '나'라고 하는 존재가 받는 것이므로, 만약 외부 환경이 다소 변화가 심각하고 위중하다고 할지라도 자신의 정기신 상태를 잘 조절하고 주위 환경과 소통하고 조화롭다면 크게 어려움 없이 극복할 수도 있다. 그러나 반대로 정기신 상태가 좋지 않거나, 소소한 환경이라도 이를 거부하고 저항하며 불화 상태가 된다면 그만큼의 스트레스가 될 수 있다.

그렇기 때문에 자신을 둘러싸고 있는 외부 환경이 스트레스가 되고 안 되고는 결국 자신에게 달린 것이라고 해도 틀린 말은 아니다. 따라서 질병의 형성은 외부 환경의 직접적인 원인도 중요하지만 그 환경 속에서 살아가는 개개인의 체질과 성격, 장부 상태와 면역력(생명력) 등 각자의 몸과 마음 그리고 정신 상태에 따라서도 달라질 수 있다. 하지만 어느 쪽이든 결국 '스트레스'라는 것은 동일하다고 할 수 있다. 따라서 원인은 다소 다를 수는 있겠지만 긴장되고 교감신경이 항진되는 등의 변화와 흐름은 결국에는 비슷하게 진행된다.

그렇다면 스트레스로 인해 일어나는 변화에는 어떤 것들이 있고, 그 속에서 무엇이 같고 무엇이 다를까?

스트레스를 받게 되면 몸과 마음 그리고 정신은 긴장이 되며, 점점 진행될수록 질병이 만들어진다. 물론 이러한 긴장 상태가 전부 부정적인 의미만 있는 것은 아니다. 그것은 긴장이 외부 환경에 대한 인체의 생리적인 반응이자 저항으로, 이를 통해 인체는 건강하고 안전하게 유지할 수 있기 때문이다. 그러나 이 상태가 지속되고 반복되며 폭발적으로 이루어지면서 교감신경이 지나치게 항진된다면 자율신경의 조절력이 약해지고 부조화와 불균형도 심해지고 인체 회복력 또한 둔화되면서 다양한 질병으로 이어지게 된다.

교감신경은 활성화 신경으로서 이완신경이라고 할 수 있는 부교감신경과는 상대적인 관계로, 만약 교감신경이 항진되면 통증과 염증이 발생하고 혈액의 흐름이 둔화되고 조직은 파괴되고 혈압과 혈당은 높아지며, 심장은 빨리 뛰고 호흡은 가빠지게 되며, 면역력은 약해지고 피로감은 늘어나며 심리적인 불안, 긴장, 우울, 짜증 등이 생겨나고 수면장애, 성기능장애, 대소변장애 등이 발생할 수 있다. 이처럼 우리가 흔히 알고 있는 증상이나 질환 중에서 교감신경의 항진 때문에 발생하지 않는 것이 거의 없을 정도로 많은 질환이 여기에 해당한다고 할 수 있다.

KBS에서 〈마음〉이라는 다큐멘터리를 제작했던 방송 프로듀서 이영돈은 자신의 저서 『마음』에서 스트레스에 대해 이렇게 말하고 있다.

“스트레스는 두통 심장병 위통 등 몸의 모든 부분에 영향을 끼치게 되는데 그 이유는 면역력과 관계가 있다고 볼 수 있다. 그러므로 면역력과 관련이 된다 할 수 있는 불임의 경우도 역시 스트레스가 원인이라 할 수 있다. 실제로 우울하면 배란에 필요한 황체형성호르몬이 비정상적으로 변하게 되는데, 황체호르몬은 태아가 자궁에 안전하게 착상하는 데 필요한 물질이며, 스트레스에 특히 민감하다."

스트레스가 불임으로까지 이어질 수 있다는 얘기이다. 이 말을 인정하지 않는 사람은 거의 없으리라 본다. 시어머니를 모시고 살던 며느리가 오랫동안 임신을 못하다가 분가를 하고 얼마 있지 않아 임신했다는 사례는 우리 주변에서 심심찮게 발견된다. 과거에 층층시하에서 혹독한 시집살이를 하던 며느리가 아기가 생기지 않자 절에서 백일치성을 드리고 온 뒤 임신에 성공했다는 일화도 많다. 과연 불심이 응답을 받아서 아기가 생긴 걸까? 시집 식구들의 눈치를 안 보고 생활했던 그 백일이야말로 스트레스를 받지 않고 정기신이 온전히 회복할 수 있었던 시간일지도 모른다. 정기신이 건강해졌으니 스트레스를 이겨낼 힘이 생겼으리라. 그러니 임신은 당연한 결과이다.

긴장과 질병의 상관관계

긴장 ⇔ 이완

(긴장 = 교감신경의 항진, 이완 = 부교감신경의 활성화)

긴장은 이완의 상대적인 의미로 교감신경이 항진된 상태를 표현할 수 있는 가장 적절한 용어이다. 예컨대 교감신경의 항진이 '긴장'이라면 부교감신경이 활성화된 상태는 '이완'이 된다. 인체가 생명활동을 적절하게 유지하기 위해선 이러한 긴장과 이완의 상호 균형이 매우 중요하다 볼 수 있다.

긴장 = 몸, 마음, 정신을 함께 변화시킨다

스트레스에 의한 긴장은 몸뿐만 아니라 몸과 마음, 정신을 다 같이 변화시킨다. 즉 긴장으로 인한 수축은 경혈과 경락을 비롯한 근육, 신경, 혈관 등 신체 전반에서 막히거나 울체되어 혈액순환에 지장을 준다. 몸뿐만 아니라 감정과 의식에서도 변화를 일으킨다. 마치 사람이 많이 아프면 평소 부드럽고 활발하고 밝았다 하더라도 평소와는 다른 행동이 드러날 수 있고 하지 않던 행동을 한다거나 난폭성과 우울한 성향이 표출될 수 있는 것처럼 육체적인 통증으로 인해 감정과 의식 등에서도 변화가 생기게 되는 것이다. 마찬가지로 치료가 되면 몸의 건강함뿐만 아니라 성격도 밝아지고 생각도 긍정적으로 변화할 수 있다.

스트레스 상황이 왔을 때 그것에 휘둘리지 않으려면 평소에 그것에 대한 대처 능력을 키워놓아야 한다. 스트레스가 와서 교감신경이 항진된다는 것은 인체가 싸울 준비 즉 '전투 상황'에 돌입하였다는 것이다.

물론 이때 그 사람의 육체적 심리적 정신적인 조건과 상황에 따라 일어나는 우리 몸의 다양한 변화들은 강약의 차이는 있겠지만 우리에게 흔히 발생하는 상황이며 항상 존재하는 상황이기도 하다. 그러나 이 상황이 평범하고 가볍게 발생한다면 크게 문제되지 않겠지만 만약 지속적, 반복적, 폭발적으로 발생한다면 그 여파는 인체에 심각한 영향을 줄 수 있다. 그로 인한 다양한 육체적, 심리적, 정신적 변화들이 발생할 수밖에 없다.

즉 신체 부위의 다양한 통증과 염증, 장부와 조직의 기능 약화, 감정 조절의 이상, 사고와 판단력의 불안정 등 각종 증상과 질병에 시달릴 수 있다. 예를 들어 과로한다거나 짜증, 불안, 슬픔, 공포 등을 비롯한 여러 감정과 생각이나 고민 또는 육체적인 통증이나 충격, 압박 등을 심하게 받게 되면 인체는 스스로 조절하여 그 상황을 이겨내고 안정을 취하고자 하는 시스템에 의하여 심신의 안정을 취하고자 한다.

고통, 통증, 불편함이 심할수록 '쉬고 싶다' '벗어나고 싶다'는 갈망이 커진다. 그리고 실제로 대개의 사람은 그러기 위해서 이런저런 노력을 한다. 그러나 만약 현재의 어려운 상황이 계속 유지된다면, 그리고 스트레스 상황을 빠져나가는 데에 실패한다면 몸은 계속 나쁜 신호를 보내게 된다. 그러다가 결국은 다양한 신체 부위의 통증과 염증의 증가, 장부와 조직의 기능 악화, 혈액순환 장애, 감정 조절의 이상, 사고와 판단력의 저하 등 각종 증상과 질병들이 생겨날 수 있다.

이러한 교감신경의 항진으로 인한 긴장은 몸뿐만 아니라 감정과 정신도 변화시킨다. 따라서 긴장이 크고 깊고 심각할수록 그 사람의 몸과 마음 그리고 정신도 그만큼 변화될 가능성이 크다고 볼 수 있다. 그리고 긴장 상태를 벗어난다는 것은 교감신경의 과항진 상태를 벗어난다는 것과도 같은 의미이며, 스트레스를 받는 몸과 마음, 정신이 안정화 되고 있다는 의미이다.

교감신경과 부교감신경은 '길항작용'을 하므로 하나가 강해지면 다른 하나는 약해진다. 그래서 만약 한쪽이 강해져 있다면 약해진 부분을 활성화시켜 전체적인 조화와 균형을 만들어갈 수 있다. 그 반대의 경우에서도 마찬가지이다. 그러므로 한쪽이 과도하게 강해져 있다면 이 시스템에 문제가 생겼다고 볼 수 있으며, 이것은 곧 질병이 시작되고 있다는 의미로 볼 수 있다.

다시 말하면 스트레스로 인한 교감신경의 항진은 자율신경계의 변화를 만들고, 이것이 과도하게 진행되면 균형이 깨어지고, 조절도 어려워지고, 신체 항상성도 약화되는 것이므로 결국 과도한 긴장 상태는 자율신경계를 파괴시키는 상황으로 이어진다.

그러므로 현대를 살아가는 사람들에게 긴장성 질환이 많다는 것은 그만큼 일상에서 긴장 상태 즉 자율신경의 부조화 상태에서 살아가고 있다는 것이며 균형을 잡아주는 이완의 힘이 부족하다는 것을 의미한다.

긴장은 교감신경계가 항진된 상태로 심리학적으로 감정이나 감각 행동 등의 원인이 되는 상태로 설명되지만 때로는 감정 상태뿐만 아니라 신체적인 근육의 긴장과 수축을 말하기도 한다. 그런데 선과 악이 있고, 음과 양이 있고, 항진이 있으면 저하가 있듯이, 긴장이 있으면 이완도 있는 것으로 서로 견제와 조화를 통해 공존하고 있다.

교감신경이나 부교감신경이나 한쪽이 너무 강해지는 것은 좋지 않다. 음양의 이치와 같이 두 가지의 상반된 기운이 서로 적절하게 어우러져야 하듯이 한쪽으로 치우침은 상호 조화의 측면에서 본다면 비정상적인 상황이 된다.

이렇게 질병은 인체의 여러 가지 기운들의 조화와 균형이 깨어지면서 발생하는 것으로서 특히 자율신경계의 교감신경과 부교감신경의 부조화와 불균형은 질병 형성에 많은 영향을 준다. 즉 자율신경계의 부조화와 불균형의 상태는 인체가 스트레스를 받는 상황으로 볼 수 있으며, 부조화와 불균형이 크면 클수록 불편함과 고통의 강도도 커질 수 있다.

마치 줄다리기를 할 때 서로 반대의 방향으로 얼마나 많이 끌고 갈 수 있는가에 따라 좌우 힘의 편차가 큰 것처럼 부조화와 불균형이 심하면 심할수록 인체가 받는 부담 역시 커질 수밖에 없다.

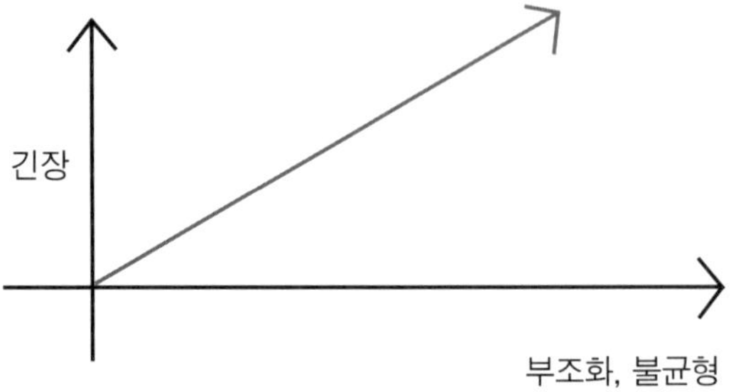

만약 긴장이 오면 초기에는 약간 결리고 저리고 붓고 열나고 염증 정도도 심하지 않지만, 정도가 심해지면 자율신경이 약해지고 면역력이 약해지면서 기존의 증상과 불편함이 악화된다. 그리고 육장육부에 직접적인 문제가 생기거나 근육과 신경, 관절, 혈관, 피부 등 인체 조직과 구조에까지 변화와 손상이 생긴다.

예를 들어 초기에는 소화가 좀 안 되거나 대변이 시원치 않은 정도였지만 점차 심해지고 악화해서 만성이 되면 위장과 식도, 십이지장과 소장 및 대장에 염증이나 궤양, 혹, 용종 등 실질적인 장부 조직에 변화와 손상이 발생할 수 있다. 초기에는 가끔 가슴의 저림과 숨참, 심장 두근거림과 약간의 불안감이 있겠지만 점차 가슴 부위의 통증이 심해지거나 지속적 불안, 초조, 우울, 강박, 공황 등 심장과 심리 상태에 실질적인 이상 변화가 생기게 된다.

증상	처음	진행
소화, 배설	가끔 불량	지속적, 반복적 발생 위, 장, 대장의 염증이나 궤양 등 발생
심장 두근거림	가끔 발생	지속적 반복적 발생 협심증 심비대 심근경색 등 발생
불안, 우울, 초조, 강박, 공황	가끔 발생	지속적 반복적 발생 약물에 의존
분노, 짜증	가끔 짜증	분노 조절 이상
통증, 수족냉증	약간의 불편감	지속적 반복적 발생으로 고통 생활이 불편할 정도로 수족냉증 악화
불면	가끔, 잠깐 발생	지속적, 반복적 발생 수면유도 약물 복용

또한 초기에는 짜증을 내다가도 금방 안정이 되곤 하였지만 점차 강도가 심해져서 짜증을 내는 빈도가 높아지고 괜한 심술을 부리고 언제 짜증을 냈는지조차도 모를 정도로 자신의 분노 등의 감정 조절이 잘 안 된다. 그리고 초기에는 잠시 저리고 아프고 쑤시고 감각이 약해지고 혈액순환이 약간 안 되며 손발이나 아랫배도 약간 차가운 정도였지만 점차 그런 증상들이 심각해지면서 예전에 겪어보지 못한 불쾌감, 고통, 불안 또는 육체적 심리적 정신적 한계 등을 자주 반복적으로 경험하게 된다.

수면장애도 피해갈 수 없다. 초기에는 하루 이틀 정도 혹은 몇 시간 정도 잠이 잘 안 오거나 그렇다 하더라도 음주나 수면을 유도하는 약물로 금방 잠을 잘 수 있었지만 점차 음주량이나 수면보조 약물의 섭취량이 늘어나게 된다. 그리고 어느 때부터는 무슨 방법으로도 잠을 잘 못 자게 되면서 수면장애에 시달리게 된다. 이처럼 여러 증상이 시간이 갈수록 교감신경의 항진을 통해 지속적, 반복적, 폭발적으로 일어나면서 질병의 형성도 가속화되고 악화된다.

스트레스와 통증

스트레스 잘 받는 사람이 건강하고 안정적인 일상을 꾸려나가기란 결코 쉽지 않다. 평소 스트레스에 많이 노출된 채 생활하는 사람은 그렇지 않은 사람에 비해 여기저기 아픈 곳이 많을 확률이 높다. 스트레스는 교감신경을 항진시키고, 항진된 교감신경은 모든 신체 조직을 긴장시키고, 근육과 신경을 수축, 혈액순환의 저하, 조직의 파괴 및 염증 유발과 함께 '통증'을 발생시키게 된다. 따라서 통증은 스트레스로 인하여 발생하는 것으로, 인체가 현재 스트레스로 인한 고통을 받고 있다는 신호라고 볼 수 있다.

한의학에도 "불통不通되면 통증痛症이 생긴다"라는 말이 있다. 이 말은 몸과 마음의 '긴장 상태'로 인하여 소통과 순환이 잘 안 되면 통증이 생기고 질병이 발생한다는 말이다. 소통과 순환이 그만큼 중요하다는 걸 알 수 있다. 즉, 통증을 다스릴 때는 긴장되거나 울체되고 정체되고 막히는 등의 현상을 잘 다스리는 것이 중요하다는 것을 예로부터 강조하고 있었음을 알 수 있다.

통증은 스트레스로 인하여 교감신경이 항진될 때 나타나는 현상 가운데 가장 대표적인 현상으로 볼 수 있는데, 크게 육체적, 심리적, 정신적인 세 부분으로 나누어서 볼 수 있다. 그런데 이 세 가지는 서로 연결이 되어 있으므로 몸, 마음, 정신의 어떤 부분이든 원인과 증상 그리고 치료에서 서로 긴밀하게 연결되어 있다는 것을 알 수 있다.

다시 말하면 인체는 몸과 마음을 분리해서 생각할 수 없다. 보통 마음을 감정과 정신을 같이 이해할 수도 있다. 그래서 '몸과 마음'이라고 하기도 하고, '몸, 마음, 정신' 이렇게 나누기도 한다. 이때의 마음은 '오욕칠정五慾七情의 감정'을 말한다. 즉 몸이 없으면 마음은 의지할 곳이 없고, 마음이 없다면 그 몸은 죽은 상태라고 할 수 있다. 따라서 몸과 마음은 서로 다르지만 분리되어 있지 않기에 항상 같이 생각할 수밖에 없다.

그러므로 통증이 있다면, 그 통증을 몸만 아픈 것으로 국한되어 보지 말고 마음도 같이 아프다고 보아야 하며, 마음이 괴로울 때도 마찬가지로 몸도 함께 불편한 것으로 보는 게 맞다. 우리가 몸이라고 하지만 '몸'을 온전한 '물질적인 존재' 즉 유형의 '물질'이라고 말하기 어려울 수도 있다. 즉 '무형의 존재'라고 할 수도 있는데, 그런 의미에서 본다면 몸과 마음은 서로 다르지 않다. 즉 설명하기에 따라서는 하나의 '존재'를 한쪽에서 보면 '몸'이 되고, 다른 쪽에서 보면 '마음'이라고 설명할 수도 있다.

분리 의식	:	스트레스	〉	몸의 긴장
				마음의 긴장
				정신의 긴장
연결 의식	:	스트레스	〉	몸, 마음, 정신이 다 같이 긴장함

스트레스를 받게 되면 몸 마음 정신의 모든 부분에서 영향을 받는 것이므로, 결국 모든 부분에서 긴장하고 있다고 볼 수 있다. 이것을 자율신경계로 설명해보자면, 육체적이든 심리적이든 정신적이든 스트레스를 받게 되면 교감신경계는 항진되면서, 장부, 근육,

신경, 혈관 등 모든 신체 조직들에서 변화가 일어나게 된다. 따라서 심리와 감정, 정신적인 모든 부분에서 영향을 받게 된다. 결국 교감 신경의 긴장은 육체와 감정 그리고 정신 이 모든 부분에서 영향을 받는다.

다시 말하면 몸과 마음 정신은 상호 연결되어 분리될 수 없기 때문에 몸의 긴장, 마음의 긴장, 그리고 정신의 긴장은 몸 마음 정신에서 다 함께 긴장과 정체를 유발하게 된다고 볼 수 있다. 따라서 물질적이든 비물질적이든 어떠한 원인일지라도 몸, 마음, 정신에서 함께 긴장과 고통을 겪게 되고, 더불어 각종 증상과 질병들도 함께 발생하는 것이다.

따라서 누군가의 통증을 이해하는 일은 그 사람의 몸 상태, 마음 상태, 정신 상태를 두루 들여다보고 살피는 일이 되어야 한다. 누군가에게 스트레스를 주고 마음을 다치게 하는 일이 현대사회에서 '폭력'과 같은 일처럼 받아들여지는 것도 마음의 상처가 몸에 미치는 영향을 간과할 수 없어서일 것이다.

스트레스가 신체에 미치는 영향

사람이 스트레스에 노출되면 자율신경계의 반응 증가로 신체감각이 예민해지고 거기에 집중하다보면 일상의 다른 과제들에 대해서 수행 능력이 떨어진다고 한다. 그리고 스트레스가 심하거나 만성상태가 되면 정신과 신체의 기능이 손상된다고 보았다. 미국의 정신과 의사인 홈즈와 레이는 1960년대에 미국인들을 대상으로 일상생활에서 겪는 사건들LCU ; Life-Change Units의 스트레스 정도를 조사해서 사회 재적응 평정 척도SRRS ; Social Readjustment Rating

Scale를 만들었다.

스트레스 사건 상위 열 가지 중에서 다섯 가지가 결혼이나 배우자와 연관이 있었으며 그 중 부부갈등(외도, 의사소통 문제 등) 및 가정불화(폭력, 가정경제, 자녀 문제 등)와 연관되는 이혼이 2위, 별거가 3위에 있었다. 이 SRRS는 이후에도 스트레스 정도를 비교하는 데에 지표로 자주 인용되고 있다. 살면서 벌어지는 크고 작은 일들이 스트레스로 작용하여 사람들의 삶에 얼마나 큰 영향을 미치고 있는지에 대한 연구가 이미 60년 전에도 적극적으로 이루어졌다는 걸 알 수 있다.

교감신경의 항진 상태는 외부 자극에 의한 내부의 전투 상태로 볼 수 있다. 즉, 심장박동수를 높이고, 동공을 확대하여 빛을 많이 들어오게 하고, 근육 수축을 증가시켜 싸울 준비를 한다. 혈관을 수축하며 혈압을 올려주고 혹시 발생할지 모를 상처와 감염에 대비하고자 과립구를 증가시키고, 심리적으로도 이완되지 않도록 긴장을 비롯한 걱정, 불안, 초조 등의 상태를 적절하게 유지하면서 소화와 대장, 방광, 생리 쪽의 기능은 최소화하며 본격적인 '전투 준비'를 하게 된다.

이때 이러한 상태가 폭발적, 반복적, 지속적으로 이루어지게 되면 근육은 더욱 긴장하고 혈관도 더욱 수축하며 혈압과 혈당, 콜레스테롤과 과립구의 증가로 혈관 내부 조직 파괴의 증가와 혈관 내부의 노폐물 축적 등으로 인한 혈액순환장애가 발생할 수 있다. 경우에 따라는 심장박동수와 호흡수의 증가와 함께 협심증이나 심근경색과 뇌경색, 천식이나 해수 등의 발생 및 악화와 아울러 심리적 정신적 긴장으로 인한 불안, 우울, 강박, 짜증, 공포 등이 발생하는가 하면 더 악화된다.

교감신경의 항진은 에피네프린과 노르에피네프린, 도파민, 과립구, 활성산소 등의 증가와 함께 고혈압, 동맥경화, 심장병, 뇌졸중, 백내장, 아토피, 당뇨, 암 등 여러 종류의 질병을 초래한다. 그 중 과립구의 증가는 활성산소의 증가를 발생시켜 지질 산화에 의한 조직 파괴로 이어지게 된다. 또한 말초혈관의 수축과 혈류장애, 각종 염증과 면역력 약화 등을 유발해서 질병의 주요 원인이 된다.

백혈구는 과립구granulocyte, 단핵구monocyte, 림프구lymphocyte로 나눌 수 있는데, 과립구라는 이름은 백혈구 중에서 과립을 많이 가지고 있어서 만들어진 명칭이다.

과립구는 세균 등의 이물질 공격을 방어하는 백혈구의 일종으로 염증과 질병을 치유하여 몸을 방어하는데, 과립구가 죽으면 세포 안에 있던 활성산소가 방출된다. 따라서 교감항진이 심해지면 과립구가 과도하게 증가하고, 이로 인한 활성산소의 증가 역시 과도하게 되면서 우리 몸의 조직 파괴가 증가한다.

따라서 앞에서 말한 병 외에 위궤양이나 궤양성 대장염, 치질 등 여러 가지 증상들은 우연히 조직이 파괴되는 것이 아니라 과립구가 너무 많아졌기 때문에 생기는 것으로 볼 수 있다. 즉 스트레스로 교감신경이 항진되면 과립구가 많아지면서 몸 안의 세균을 공격하지만 지나치게 양이 많아지면서 오히려 조직을 공격하고 궤양을 발생시킨다. 위궤양도 마찬가지이다.

이처럼 활성산소의 증가는 바깥에서 들어온 세균이나 이물질을 녹이거나 살균하는 역할을 하지만, 필요 이상으로 많아지면 우리 몸을 공격하여 세포를 손상시키고 산화작용을 일으켜 체내 독소의 증가, 면역력의 감소로 각종 질병과 노화를 일으키는 주요 원인이 될 수 있다. 결국 스트레스로 인한 교감신경의 과항진은 혈당과 지질의 증가 등의 에너지 과잉 상태와 그것을 조절하는 힘의 부족으로 인한 다양한 부조화, 불균형 현상을 일으키면서 활성산소의 증가와 이로 인한 조직 파괴 역시 증가한다고 보아야 한다.

스트레스가 있을 때

보통 상황 ; 기본적인 상황에서 처리. 과립구가 많이 필요 없는 단계

과잉 상황 ; 과립구 증가 〉 과립구가 파괴되면서 활성산소 증가 〉
활성산소에 의해 조직 파괴가 형성

위암을 비롯해 위염과 위궤양 등을 일으키는 헬리코박터 파일로리균은 20세 즈음의 젊은이에겐 별로 없고 나이가 들어가면서 많이 생긴다. 그런데 군대에서 낙하훈련을 하는 20세 젊은이들에게 상당히 많은 미란성 위염이나 위궤양 증상이 나타나는데 이러한 이유는 심한 교감신경의 긴장으로 인한 과립구 증가로 혈액순환장애와 점막과 조직 파괴가 이루어지기 때문이라고 아보 토오루는 앞의 책에서 말하고 있다.

그리고 아보 토오루는 "혈액순환장애는 교감신경 긴장을 수반하는 현상이므로 반드시 과립구 증다증도 동시에 유발되고 뼈나 관절의 변형이 촉진된다. 진통제는 프로스타글랜딘의 합성을 억제하고 교감신경 자극반응을 유도한다. 통증을 없애는 동시에 혈류를 저해한다"고 하였으며, "교감신경의 긴장으로 혈액순환 장애와 백혈구의 하나인 과립구가 증가하여 어깨 결림, 허리통증, 식욕부진, 불면, 변비, 냉증 등의 증상이 있을 때, 소염진통제의 처방은 한정된 짧은 시간 동안만 통증을 없애줄 뿐, 그 후에는 더욱 심한 교감신경 긴장을 초래하여 병을 일으킨다"고 하면서 지속적인 몸의 '긴장'이 얼마나 심각한 질병으로 이어지는지 강조하였다.

스트레스로 인한 몸의 긴장은 혈압에도 영향을 미친다.

스트레스 상태가 되면 심장박동은 빨라지고, 기관지는 확장되며, 호흡도 증가하면서 혈압이 상승한다. 혈압은 심장에서 바깥으로 나가는 혈관의 압력이라고도 볼 수 있는데, 긴장되면 말초혈관의 수축이 되면서 혈압도 자연스럽게 올라갈 수밖에 없다.

이렇게 스트레스는 특히 심혈관계를 긴장시켜 혈압을 올리지만, 일시적인 자극으로는 혈압이 계속 오르지는 않는다. 하지만 지속적 반복적 폭발적인 스트레스는 신경계와 호르몬계의 변화를 일으키고, 그와 관련된 조직과 장부에도 영향을 주게 되면서 향후 혈압 상승에 실질적인 영향을 주게 된다.

앞에서 말한 이영돈의『마음』에 보면 그 부분에 대해 이렇게 설명하고 있다.

"화를 잘 내는 사람들은 미약한 자극이나 스트레스에도 육체적 또는 생리적으로 예민한 반응을 잘 일으키게 된다. 화를 내면 아드레날린과 노르아드레날린이 분비되는데 그러면 혈압이 올라가고 맥박이 빨라지는 생리적 변화가 일어나며 심장 혈관 내벽에 손상을 가져오게 된다. 또한 지방이 많이 분비되어 혈중 지방이 높아지고 자연히 지방이 간에서 콜레스테롤로 전환되어 콜레스테롤 수치도 높아진다. 아울러 혈중 혈소판을 더 많이 응고시켜 동맥 혈관을 막아 심장질환이 일어날 수도 있다. 따라서 분노를 없애고 용서를 하는 것은 질병에서 벗어날 수 있는 길이기도 하다."

화가 나고 분노가 생길 때, 자신을 해치고 병들게 하는 감정으로부터 벗어나기 위해서라도 분노를 없애고 용서를 하라고 제시한다.

즉, 정기신을 잘 다스리는 것이 스트레스로부터 놓여나거나 덜 받는 거라는 걸 말하고 있다.

스트레스는 면역체계도 흔든다. 지나친 스트레스는 교감신경 항진이 지속하는 등의 자율신경의 부조화를 일으키는데 만약 이때 인체가 버틸 수 있는 한계지점을 넘어서게 되면 통증과 염증이 지속하고 동시에 자율신경의 부조화와 함께 장부 조직과 신체 기능의 약화, 그리고 면역력의 저하 등의 현상이 일어날 수 있다.

이렇게 외부 환경으로부터의 자극은 항상 긴장을 통한 변화를 일으키게 되지만, 비슷한 환경이라 할지라도 몸 마음 정신의 상태가 어떤가에 따라 반응은 달라지기도 한다. 그래서 자신의 상태가 건강하고 안정적이고 편안하다면 외부 환경에 크게 영향을 받지 않을 수도 있겠지만, 만약 약하고 불안정하며 긴장되어 있다면, 작고 소소한 환경의 자극에도 크게 영향을 받을 수 있다.

따라서 공해, 사고, 추위, 더위, 음식물, 공기, 소리, 냄새 등과 다양한 동식물이나 사람들의 냄새, 기운, 배설물, 분비물 등을 비롯하여 여러 세균과 바이러스 물질로부터 직접적이든 간접적이든 영향을 받게 될 때, 인체가 어떤 상태인가에 따라 영향을 많이 받기도 하고 적게 받기도 하는 것이기 때문에 현재의 상태는 환경에 대한 반응과 변화에 중요한 조건이 될 수 있다.

그런데 인체가 영향을 받는 외부 환경은 이러한 부분만 있는 것은 아니다. 다양한 정보, 지식, 업무, 고민거리, 정신적 충격 등에서부터 수많은 사람의 감정과 생각들 역시 스트레스를 일으킬 수 있는 환경이 될 수 있다. 그리고 이 역시도 인체 상태가 좋으면 그만큼 영향을 덜 받을 수도 있겠지만 그렇지 않다면 자그마한 충격에도 쉽게 자신의 감정과 판단, 사고의 중심을 놓쳐버릴 수 있고, 극심한 스트레스 상태에 빠지기도 한다.

즉 자라 보고 놀란 가슴 솥뚜껑 보고 놀란다고 하듯이 작고 소소한 부분에도 심각한 공황 상태가 되기도 한다. 작은 스트레스에도 금방 무너지는 것이다. 따라서 지속적, 반복적, 폭발적인 스트레스를 물질적이든 비물질적이든 자주 반복적으로 영향을 받게 된다면 그만큼 면역력이 약해지고 외부 충격에 대한 자연 회복력도 점차 떨어질 수 있다.

이때, 스트레스에 의한 면역력의 감소는 과립구와 림프구로 설명될 수도 있다. 즉 스트레스는 교감신경의 항진과 함께 과립구의 증가로 이어지는데, 만약 스트레스가 지나치면 과립구의 과잉증가가 되며, 동시에 작은 이물질을 방어하는 림프구의 역할도 부교감신경과 같이 약화하면서 결국 면역력 저하로 연결되는 것이다.

한편 스트레스를 받으면 교감신경이 우위가 되면서 에피네프린이 분비가 된다. 그런데 과립구에는 에피네프린 수용체가 있으므로, 결국 스트레스를 받으면 과립구가 늘어나게 된다. 과립구의 수

명은 이틀 정도이며 감염증을 억제하고 인체 내로 들어온 세균 등을 처리한다. 그런데 이 과립구가 수명을 다할 때 활성산소를 방출하게 되는데 만약 스트레스가 많아져서 과립구가 과도하게 늘어나면, 결과적으로 활성산소의 지나친 증가로 인한 정상 조직의 파괴가 많아지면서 각종 질병이 생겨날 수 있다. 결국 스트레스는 조직파괴를 일으키는 동시에 면역력도 저하된다.

그러므로 감기, 급성폐렴, 급성충수염, 간염, 신장염, 췌장염, 구내염, 화농성 편도염, 종기, 여드름, 암, 위궤양, 십이지장궤양, 궤양성 대장염, 당뇨병뿐만 아니라 다양한 염증성 질환 및 자가면역질환들이 발생할 수 있다.

그렇다면 어떻게 해야 면역력이 높아지고 질병의 위험에서 벗어날 수 있을까? 아보 토오루는 그의 또 다른 저서 『암은 낫는다』에서 이렇게 말하고 있다.

"림프구는 항원 즉 바이러스 등의 이물질을 제거하기 위한 면역시스템의 한 부분으로 부교감신경이 교감신경보다 우위가 되면 더 많아지게 되는데 그 이유는 림프구에는 아세틸콜린 수용체가 있기 때문이다. 따라서 부교감신경이 활성화가 된다면 아세틸콜린의 작용에 의한 혈압의 강하, 심장박동의 억제와 더불어 림프구의 작용으로 면역력의 향상이 이루어지게 된다."

스트레스는 췌장과 부신을 약화시킨다. 스트레스로 긴장이 형성되면 호흡과 심장박동이 빨라지고 근육과 혈관에 힘이 들어가는 등 신진대사가 활발해지고 에너지 소비도 증가하는데, 이때 혈관 속에는 혈당과 지방산의 증가가 이루어지게 된다. 즉 스트레스로 인한 혈당의 증가로 췌장 역시 항진되면서 인슐린을 분비하며 혈당을 조절하게 된다. 따라서 만약 지속적 반복적 폭발적인 교감신경의 항진은 췌장 피로로 인한 기능 약화를 일으켜 결국 혈당조절기능의 저하로 이어진다.

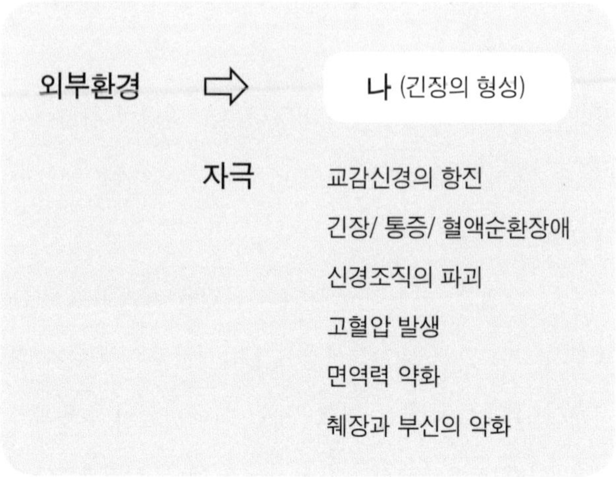

다시 말하면 스트레스를 받으면 혈당이 증가하는데 만약 지속적 반복적 폭발적 스트레스는 혈당의 과도한 상승을 요구하게 되고,

결국 이로 인한 췌장 기능의 약화를 불러온다. 이러한 흐름과 과정은 부신도 역시 마찬가지이다. 교감신경과 관련된 다양한 호르몬과 신경은 부신의 수질과 피질에 연결되어 있기 때문에 스트레스와 직접적인 영향을 받는다고 볼 수 있다.

예를 들어 아드레날린의 경우 뇌와 부신에서 분비되는데 스트레스를 받게 되면 심장과 혈관 및 근육의 긴장을 높여주고, 혈액 내 포도당을 증가시켜주게 되며, 코르티솔은 부신에서 분비되는 것으로 스트레스 상태일 때 필요한 에너지의 원료를 만들어주는 역할을 한다. 따라서 지속적 반복적 폭발적인 교감신경의 항진은 부신 피로로 인한 부신 기능의 약화를 일으켜 결국 면역기능의 저하, 성기능의 저하를 비롯한 스트레스 저항력의 약화, 혈관과 근육 기능의 약화, 그리고 혈압과 혈당 조절 기능에 문제가 생긴다.

제2장

통증 치료

당신이 쉬어야 할 때는, 쉴 시간이 없을 때이다.

— 시드니 J. 해리스

통증이란 무엇인가

사람에게 가장 고통스러운 것 중 하나는 '통증'일 것이다. 몸이 아플 때도 통증을 느끼고 마음이 아플 때도 통증을 느낀다. 어떤 질병들은 몸에서 느껴지는 통증이 너무 커서 삶 자체를 놓아버리게도 한다. 일례로 수년 전에 자가면역질환을 앓던 방송인이자 산업체 강사였던 C씨가 극심한 통증을 이기지 못하고 자살한 일이 있었다. 그는 유서에 "700가지 통증에 시달려본 분이라면 제 마음을 이해해 주시리라 생각합니다"라는 말로 통증의 고통을 호소했다.

'실제적이거나 잠재적인 조직 손상과 관련되거나 그러한 손상으로 기술된 불쾌한 감각적이고 감정적인 경험'을 일컬어 '통증'이라고 부른다. 그 통증이 장기간 지속하거나 자극이 심하면 일상생활을 정상적으로 영위하기 어려울 정도이다.

그렇다면 통증은 나쁘기만 한 걸까? 결론부터 얘기하면 통증은 인체가 보내는 구조신호이다. 몸에 이상이 있다는, 문제가 생기고 있다는, 어서 원인을 해결해달라는 간절한 시그널인 셈이다. 그러니 작은 신호에도 관심을 보이고 몸의 건강 상태를 점검해봐야 한다. 만약에 통증이 미미하다고 해서 사소하게 취급한다면 그 통증은 돌이킬 수 없는 질병이 되어서 도저히 감당할 수 없을 지경의 통증을 안겨다줄 수도 있다.

통증은 신체에 대한 방어기전으로 조직의 기질적, 구조적으로 손상 또는 손상될 때 통증 수용기를 통하여 통증 신호가 중추신경계를 따라 뇌에까지 전달되기 때문에 인지하게 된다고 볼 수 있다. 그러므로 통증은 신체 이상을 알 수 있는 중요한 신호 체계인 셈이다. 그래서 만약 뜨거운 물에 손이 닿았거나, 혹 바늘에 찔렸을 때 통증이 없다면 인체는 심각한 문제가 생길 수 있으며, 또한 오래 서 있거나 오래 앉아 있을 때도 만약 통증이 없으면 조직은 계속 눌리게 되고 순환이 더 안 되어서 조직에 심각한 문제가 생겨날 수 있다. 이처럼 통증은 신체를 보호하기 위한 중요한 방어수단으로써 존재하게 된다.

다시 말하면 통증은 자신의 몸과 마음 정신의 상태가 외부 자극 때문에 영향을 받아 자신의 어떤 부분이 순환이 잘 안 되어 막히고 정체되면서 변화되었거나 혹은 변화되어가는 과정 중에 발생할 수 있는 것으로, 아프거나 쑤시거나 묵직하거나 뻐근하거나 저리거나 따갑거나 하는 등의 불편한 느낌이라 할 수 있다. 즉 통증은 특별한 이상 증상 즉 기질적이거나 구조적인 변화가 있을 때도 발생할 수 있지만 그렇지 않고 기능적으로 변화의 흐름이 일어날 때도 충분히 발생할 수 있다.

그러므로 통증이 있다면 비록 아직 구체적인 변화를 확인할 수 없다고 할지라도 '이상이 없다'라고 단정적으로 말할 수는 없다. 그것은 외부 환경이 있다면 대부분 몸과 마음 그리고 정신적인 반응 즉 변화는 일어나게 되며, 또 그만큼의 통증이 생겨날 수 있기 때문이다. 특히 외부 환경에 대한 '부정적 느낌'이라면 더욱 그러할 것으로 본다.

통증은 크게 급성통증과 만성통증으로 나눌 수 있다.

피부에 바늘이 꽂혔을 때, 칼로 베었을 때, 또는 갑자기 불에 데었을 때, 감전됐을 때와 같이 갑자기 발생한 통증을 급성통증이라고 한다. 일반적으로 수술 후 질환에 의해 발생하는 통증을 말하기도 하는데 마취통증의학에서 중요하게 다루는 부분이다.

만성통증은 수개월 또는 수년간 지속하는 통증을 말한다. 천천히 타는 듯한 통증, 쑤시는 듯한 통증, 불쾌한 통증 등과 같은 다양한 이름으로 설명된다. 이런 형태의 통증은 보통 조직의 파괴와 관련되고, 장기적으로 참을 수 없을 정도의 고통을 유발할 수 있으며, 피부와 거의 모든 심부 조직과 장기에서 일어날 수 있다.

만성통증은 30일 이상 지속하는 것을 말하기도 하는데 육체적 통증과 심리적 변화를 함께 가지는 특징이 있다. 조직 손상 그 자체보다는 말초신경이나 중추신경의 변형이 동반되며 스트레스나 정신적 및 환경적 원인이 포함된다. 만성통증은 우울증, 불안증, 긴장증 등이 병행되는 경우가 많고, 진단 및 치료가 곤란한 경우가 많다.

일상에서 흔히 볼 수 있는 만성통증으로는 신경통, 근육통, 혈관통, 관절통으로 만성요통, 오십견, 두통, 편두통, 대상포진, 근막동통증후군, 만성통증증후군, 복합부위통증증후군 등이 있다.

통증 때문에 괴로워하는 이들은 많지만, 통증의 원인을 정확하게 알기는 어렵다. 특히 만성통증의 원인을 쉽게 알 수 없는 경우가 많다. 그래서 그런지 많은 양의학 서적들을 보면 질병들의 원인을 이야기할 때 원인 불명인 경우가 많고, 있어도 그것을 포괄적으로 기술해놓은 경우가 많다.

그것은 아마도 원인들이 복합적이거나 혹은 복잡하게 얽혀 한두 가지로 콕 찍어서 이야기하는 것이 어렵기 때문인지도 모르겠다.

예를 들어 뒷목의 통증이 발생하였다면 현재의 구조적 기능적 상태가 어떤지, 과거에는 또 어떤 상태였는지, 그리고 최근에 무엇 때문에 발생하였는지 그리고 그 사람의 체질과 평소 골격의 상태와 체력과 면역력 그리고 오장육부의 상태 등도 참고해야 한다.

아울러 육체적, 심리적, 정신적으로 다른 이유가 없었는지도 살펴보아야 하며 외부 환경적인 문제 또한 살펴보는 등 참고해야 할 부분들이 매우 많다. 왜냐하면 이 모든 것이 통증 발생의 원인으로 작용할 수 있기 때문이다. 즉 육체적, 심리적, 정신적 여러 이유가 시간 속에서 서로 혼재되면서 질병이 만들어지는 경우가 많으므로 그러한 부분들을 구체적으로 사실 관계를 명확하게 밝혀낸다는 것이 쉽지 않으리라고 생각한다.

그리고 통증의 원인을 알기 어려운 것은 또 다른 이유도 있다. 즉 아직 구체적 구조적 기질적으로 통증의 원인을 파악하지 못하는 경우로, 예를 들어 두통이 있을 때 충분하고 세밀한 검사를 했음에도 불구하고 아무런 이상을 확인할 수 없을 때도 있기 때문이다. 그러면 결국 원인 불명이나 기능적인 이상으로 진단될 가능성이 크다.

또 다른 문제는 설령 약간의 이상이 있다고 하더라도 과연 그것이 본질적인 원인인가 하는 부분은 또 다른 고민일 수 있다. 예를 들어 두통 환자의 머리에 혈관이 좁아진 부분이 확인되었다고 하더라도 그것이 현재의 두통 증상에 얼마나 큰 비중을 차지하는지 혹 다른 원인 때문은 아닌지가 모호하기 때문이다.

또 다른 예로 다리가 저려 척추 검사에서 허리에 디스크가 약간 튀어져 나와 있다고 할 때 과연 그렇게 약간 튀어나온 디스크에 의하여 다리 저림이 얼마나 많은 영향을 받고 있는지를 명확하게 규정한다는 것은 사실 그리 간단하질 않다. 왜냐하면 허리에는 척추도 있지만 근육과 신경, 혈관 등도 있고 '근력'이라는 것도 있어서 각각이 허리 상태에 영향을 줄 수 있으며, 또한 장부 상태, 감정 상태, 정신적인 상태 등도 변수가 될 수 있기 때문이다.

따라서 이러한 부분들을 고려해볼 때 현재의 증상에 무엇이, 얼마나, 어떻게 영향을 주어서 통증이 생겨났는지 그 원인을 명확하게 규정한다는 것은 쉽지 않을 수 있다.

통증 치료의 현주소

의학은 21세기가 들어오면서 과거에는 상상할 수 없을 정도로 발전되고 있다. 특히 첨단 기술의 발전은 의료의 수준을 높이는 데 많은 공헌을 하고 있으며, 이러한 높은 과학기술과 의료장비는 예전엔 몰랐던 많은 비밀을 속속 밝혀내고 있다.

그런데 이러한 발달에 힘입어 치료가 쉽게 잘 되는 질환들이 존재하는 반면 여전히 혹은 오히려 치료에 어려움을 겪는 질환들도 많다고 본다. 이 가운데 대표적인 것이 아마도 통증 질환이 아닐까 생각한다. 그래서 대표적인 치료제의 사용 방법들을 간단하게 살펴보면서 그 장단점을 이야기해볼까 한다.

▶ 해열진통제 아세트아미노펜

아세트아미노펜은 해열진통제로 발열 및 두통 신경통 근육통 생리통 등을 안정시키는 데 사용된다. 한편 통증의 발생은 어떠한 원인에 의하여 '프로스타글란딘'이 분비가 되면서 발생하는데, 이때 '아세트아미노펜'을 먹으면 이 물질의 농도를 줄일 수 있고 그러면 통증, 염증, 발열 증상이 감소하여 진통 해열의 효과를 가져온다.

예를 들어 외부 자극으로 인한 인체 반응이 'A'의 원인에서 'B'와 'C'의 과정을 거쳐 'D'의 통증이라는 순서로 흐름이 있다고 한다면, 'D'를 조절하기 위해선 'D'의 선행 과정으로 'C'를 조절할 수 있는데, 통증 치료의 경우가 여기에 해당한다고 볼 수 있다. 즉 통증을 일으키는 'C'의 과정에 해당하는 '프로스타글란딘'의 억제를 함으로써 진통 효과를 발휘하게 된다.

그러나 이것은 'C' 이전의 과정인 'A'와 'B'를 조절하는 것은 아니다. 따라서 만약 스트레스(A)로 교감신경의 항진으로 인한 심신의 긴장(B)으로 근육과 혈관의 압력이 증가하면서(C) 두통 등의 통증(D)이 생겼다고 가정한다면, 통증 치료는 C를 통제 제어하여 통증을 조절하는 것이 목적이며, 나머지 과정에는 크게 관여하지 않기 때문에 그 이전의 과정 즉 'A'에서 'B', 'B'에서 'C'의 흐름인 '긴장'은 그대로 유지되고 있다고 볼 수 있다. 그러므로 'C'의 통증 억제력이 약해지면 통증은 다시 발생할 수 있다.

A ⇨ 원인	B ⇨ 과정	C ⇨ 과정	D 통증발생
스트레스? 교감신경의 항진?	PG분비증가		⇨ 통증발생 (통증/염증/발열 발생)
	⇕		
치료방법 ⇨	PG분비억제 (아세트아미노펜)		⇨ 통증감소 (통증/염증/발열 감소)

흔히 통증을 억제시키기 위해서 진통제를 처방하지만 부작용을 간과해선 안 된다. 아보 토오루는 그의 책 『의료가 병을 만든다』에서, 진통제는 프로스타글란딘의 합성을 억제하고 교감신경 자극 반응을 유도하기 때문에 통증을 없애는 동시에 혈류를 저해하는 결과를 초래한다고 말하였다. 진통제를 먹을수록 병이 악화할 수 있다. 혈류가 나빠짐으로 해서 혈액순환장애가 오면 교감신경의 긴장이 수반되고 그렇게 되면 과립구 증가와 동시에 뼈나 관절의 변형이 촉진되기 때문에 혈액순환장애를 개선하려는 부교감신경반사가 통증을 더욱 유발한다고도 적고 있다.

▶ 항생제

'항생제'는 세균을 막는 물질로서 천연적인 것과 부분 혹 전체를 합성한 인공적인 것이 있다. 또한 인체 친화적인 것도 있지만 그 자체가 독성물질로서 세균뿐만 아니라 인체 세포까지 해로울 수 있다.

다행히 우리가 잘 알고 있는 페니실린의 경우는 미생물에만 영향을 주는 항생제로써 인체에 주는 영향은 상대적으로 적다고 볼 수 있다. 그러나 일반적으로 항생제는 세균 감염을 억제하기 위하여 사용되지만 진통제 치료 방법과 비슷하게 염증 발생의 '이유'에서 접근하는 것이 아니라 현재 상태의 직접적인 해결을 목표로 하고 있다.

따라서 스트레스나 과로 등으로 인한 장부와 조직의 기능 저하로 인한 염증 상태가 진행되고 있다면, 항생제로 이것을 해결하는 방법은 근본적인 문제를 해결하기에는 다소 무리가 있을 것으로 볼 수 있다. 만약 잦은 방광염으로 장기적이고 반복적인 항생제 치료를 통해서도 잘 치료가 되지 않는 경우가 있다면 스트레스나 과로 등의 원인 때문에 그러한 것은 아닌지 살펴볼 필요가 있다.

그 외에도 항생제 부작용으로, 항생제를 많이 사용하는 50세 미만의 성인에서 대장암의 위험을 높인다는 연구 결과도 있었다. 미국 에모리 의과대학교 연구팀은 '2021 유럽 위장암학회European Society for Medical Oncology World Congress on Gastrointestinal

Cancer 2021'에서 '7903명의 대장암 환자와 대장암이 없는 3만여 명을 대상으로 경구용 항생제 처방 및 항생제 사용 기간과 대장암 발병 사이의 연관성을 분석한 결과, 50세 이후에서 항생제 복용이 대장암의 위험을 9% 높이는 요인이 됐다고 발표하였다.

▶ 위산 억제제와 위장 점막 보호제

위염은 위장의 점막에 염증이 있는 상태를 말하는 것으로 가장 많은 사람이 가지고 있는 질환 중 하나로 보통 음식을 먹고 체했을 때도 위염이라고 할 수 있다. 이러한 위염의 치료를 보면 위산 억제제, 위장 점막 보호제 등이 보편적으로 사용되는데, 보통 원인 인자를 조절해주면 쉽게 안정이 되기도 한다.

예를 들어 급성위염인 경우라면 흡연, 음주, 약물, 카페인, 자극적인 음식, 스트레스, 피로 등을 관리하는 등의 적절한 관리를 하면서 위염 치료를 받으면 쉽게 안정이 될 수 있다. 그러나 만성위염인 경우라면 쉽게 치료되기 힘든 경우가 많다. 그것은 '적절한 관리'의 부족이 원인일 수도 있지만, 위염 치료에 사용되는 위산 억제제, 위장 점막 보호제 등은 대증요법적인 치료 방법으로 한계가 있기 때문이라 할 수 있다.

즉 이들 치료 방법은 현재 위염을 유발하고 있는 원인, 그 자체를 치료하고 방어하는 것이 목적이며, 위장 자체를 회복시켜주는 방법이라고 말하긴 어렵다고 볼 수 있기 때문이다. 따라서 만약 이들 약물로 일시적인 안정이 되었다 하더라도 꾸준한 관리를 통해 위장을 회복시켜주지 않는다면 재발이 쉽게 되는 등 실질적인 회복에 어려운 부분이 많이 있을 것으로 판단된다.

▶ 수면제와 수면 유도제

수면제는 잠을 오게 만드는 약으로 최면제, 마취제, 진정제의 용도로 쓰인다. 수면 유도제도 비슷한 용도로 사용하는데 이 역시 수면제처럼 중추신경계를 억제하여 흥분 상태를 진정시켜주는 작용을 한다. 참고로 신경정신질환에서 신경세포의 흥분성과 억제성의 불균형은 중요한 기전으로, 인체는 신경세포가 흥분되면 그것을 정상으로 만들기 위해 억제성 신경전달물질(가바)을 분비하게 되는데 수면제 처방 중 '졸피뎀'은 '가바'gamma-aminobutyric acid, GABA의 작용을 강화해 수면을 유도한다.

즉, 여러 원인으로 인하여 중추신경계 혹 대뇌가 흥분되어 잠을 잘 못 이룰 때, 치료의 목표가 그 원인이 아니라 '흥분'을 일으키게 되는 그 부분의 '안정'을 목표로 하고 있다. 그러므로 이 역시 진통제, 항생제 등과 비슷한 대증요법적인 치료라고 할 수 있다. 따라서 이러한 약물로 치료를 받는 사람들은 반드시 '원인'에 대한 부분을 해소해야 더욱 효과적인 치료가 될 수 있다.

A 원인	⇨	B 과정	⇨	C 과정	⇨	D 통증발생
스트레스? 교감신경의 항진?		가바의 활성감소			⇨	불면
		⇕				
치료방법	⇨	가바의 활성증가 (졸피뎀)			⇨	안정

▶ **진정제**

중추신경계가 흥분되면 불안, 불면, 긴장이 동반하므로 이때 증상 완화 또는 치료를 위해 진정제, 안정제, 수면제, 항불안제 등을 사용하게 된다. 이 중 진정제는 수면을 유도하고 긴장을 완화하는 효과가 있지만 이 역시 근본적인 원인을 다스리는 방법이라고 보긴 어렵다. 진정제의 약리 효과는 수면제와 비슷하게 중추신경계의 신경전달물질 중 하나인 가바GABA의 활성을 증가시켜 진정을 유도한다. 진정제의 대표적인 약은 바륨Valium이다.

▶ **항우울제**

우울증 환자는 슬픔, 불행감, 절망감, 상실감 그리고 비참함 등의 복합적인 감정을 시시때때로 겪는다. 여기에 더하여 식욕과 성욕이 감퇴하고 심한 수면장애에 시달린다. 전 세계적으로 6% 이상의 인구가 앓는 것으로 알려진 우울증은 뇌 안의 노르에피네프린Norepinephrine, 세로토닌Serotonin 등의 신경전달물질의 감소를 주원인으로 보고 있다.

그래서 치료를 위해선 정신치료와 함께 이 신경전달물질의 양을 조절하여 우울증을 극복하게 도와주는데 약 70%의 환자가 노르에피네프린과 세로토닌의 흥분성 효과를 '증가'시키는 약물에 의하여 효과적으로 치료가 된다고 한다. 따라서 우울증의 치료 역시 부족해진 세로토닌이나 엔도르핀을 공급하는 방식이라 볼 수 있다.

한편 세로토닌은 마음이 안정되었을 때 분비되는 물질로 통증의 신경을 억제해준다. 우울증이 있는 사람은 통증에 매우 민감하게 반응하는데 세로토닌이 결핍되어 있으므로 통증을 더 강하게 느낄 수밖에 없다. 평안함과 만족감을 주는 엔도르핀 역시 뇌에서 분비되는 물질로 모르핀, 헤로인과 같은 마약 성분과 유사한 효과가 있다.

하지만 마약을 과다 복용하면 뇌의 수용체에 '중독' 현상이 나타나며 매번 같은 효과를 보기 위해선 양을 늘려야 한다. 게다가 호르몬의 수용체들이 점차 둔감해지면서 일상의 작은 기쁨들이 그 의미를 잃어버리게 된다. 그렇지만 운동을 통한 엔도르핀 분비는 일상의 작은 기쁨에 점점 더 민감하게 반응하게 된다.

이렇게 우울증에 대한 치료방식 또한 대증요법적인 치료방법으로 그 한계를 알 수 있다. 따라서 항우울제를 통해 우울을 치료하는 것보다 자신이 좋아하는 일을 하고 기쁨을 가질 수 있는 일을 통해서 엔도르핀 효과를 얻는 것이 가장 좋다.

흔히 알려진 항우울제의 부작용으로는 기립성저혈압, 항콜린 작용, 빈맥, 체중 증가, 성기능 저하 등이 있다. 선택적 세로토닌 재흡수 억제제의 경우엔 항콜린성 작용의 부작용이 거의 없지만 오심, 두통, 불면증, 성기능 장애, 체중 증가 또는 감소 등이 나타날 수 있다. 프로작과 같이 세로토닌의 재흡수를 차단함으로써 뇌속의 세로토닌 부족을 해소하는 선택적 세로토닌 재흡수차단체(SSRI)에 의한 치료법은 이와 같은 부작용이 있는 것으로 알려져 있다.

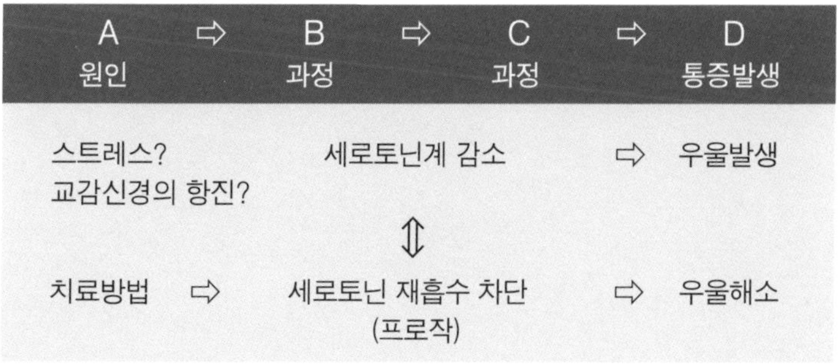

이러한 기존 치료들의 흐름을 보면 통증에 대한 치료 목표가 전반적인 상황의 안정, 원인의 해결 등에 있는 것이 아니며 현재의 증

상에 대한 안정이 그 대상임을 알 수 있다. 예를 들어 통증에 해열 진통제를 사용하고, 심각하면 마약성 진통제를 사용하는 것으로 근본적인 통증을 해소해줄 수는 없다.

이러한 것은 고혈압 약을 열심히 먹는다고 혈압이 안정될 수는 있겠지만 나을 수 있는 것이 아닌 것처럼, 열심히 치료하지만 쉽게 치료되지 않는 그런 안타까운 상황이라 할 수 있다. 따라서 지금 치료를 하는 방식이 대증요법적인 방식인지 아니면 원인 치료 방식인지, 그리고 어느 부분까지 치료를 할 수 있는지 등을 알고 치료에 임하는 게 좋다. 하나의 치료법으로 인해 원치 않은 부작용들에 시달리게 된다면 제대로 된 치료라고 볼 수 없기 때문이다.

통증과 긴장

1. 통증은 긴장과 관련되어 있다

중요한 시험을 치르고 난 뒤, 취업 면접을 보고 난 뒤, 고민이나 걱정을 심하게 하고 난 뒤에 근육통과 몸살을 앓는 경우가 있다. 그 이유는 스트레스와 긴장을 겪었기 때문이다. 통증은 곧 긴장을 의미한다. 대부분의 통증은 교감신경의 항진으로 인하여 근육과 신경의 수축과 긴장되면서 혈액순환이 나빠지고 동시에 과립구가 증가해서 조직 파괴가 이루어지면서 발생한다. 즉 자극을 받아 긴장되면 혈액순환이 잘 안 되면서 통증이 발생한다.

현대인들이 다양한 종류의 통증으로 고통스러워하는 이유는 그만큼 스트레스성 긴장 요인이 많다는 걸 의미한다. 다시 말하면 통증은 긴장과 관계가 있으며, 긴장은 교감신경의 항진 그 자체라고 볼 수 있다. 그런데 '나'는 '외부 환경'으로부터 항상 자극을 받으며 긴장하면서 살고 있으므로 결국 항상 교감신경이 항진되어 있다고 볼 수 있다. 따라서 통증 치료를 위해서는 이러한 '긴장'을 다스리는 것이 매우 중요하다.

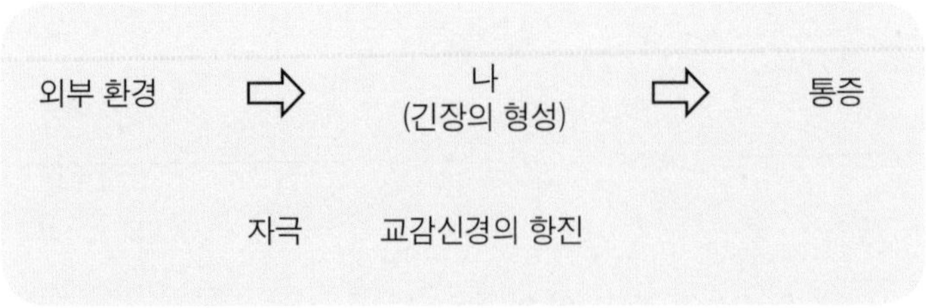

2. 긴장되면 몸 · 마음 · 정신이 함께 아프게 된다

긴장되면 몸이 아플 수도 있고 마음이 아플 수도 있다. 몸과 마음이 분리된 것이 아니기 때문이다. 육체적 스트레스가 육체에만, 심리적인 스트레스가 심리에만 영향을 주는 것은 아니다. 즉 상호 영향을 주고받으면서 각종 증상과 질병들을 일으키게 된다.

따라서 유형이든 무형이든 어떠한 원인이 되었건 스트레스를 받게 되면 그로 인한 긴장은 몸 마음 정신 모든 부분에서 다양한 증상과 질병들을 발생시키게 된다. 다시 말하면 소리나 공기, 감정, 생각 등의 무형적인 부분뿐만 아니라 외상, 음식물, 사고 등의 유형적인 부분들은 모두 외부 환경으로 존재하면서 육체적, 심리적, 정신적인 자극을 주게 된다.

이때 이러한 자극으로부터의 스트레스는 정기신 모든 부분에 영향을 주어 몸, 마음, 정신에 전반적인 긴장을 형성한다. 따라서 유무형의 '자극'에 의한 여러 가지 증상들이 정기신 각 부분에서 형성될 때 그 증상들을 보면 각각 독립적으로 보일 수 있겠지만, 질병 형성의 흐름에서 본다면 원인과 과정 그리고 증상과 질병들은 서로 '자극에 의한 긴장'이라는 공통점을 갖는다.

그러므로 만약 스트레스로 인하여 어떤 한 부분에서 증상이 발생하였다고 생각되면 그 부분만의 문제로 인식해서는 안 된다. 정기신 전체에서 함께 변화가 생겼다고 생각하여야 한다. 그리고 이러한 부분을 잘 이해하는 것은 치료할 때 매우 중요한 관건이 될 수 있다.

3. 긴장은 만병의 공통 원인이다

인간이 살아 있는 동안 외부로부터의 어떠한 영향도 받지 않고 살아갈 수는 없다. 다른 사람이 한 명도 존재하지 않는 무인도에서 살아갈지라도 외부로부터 영향을 받지 않을 수가 없다. 모든 생존 활동 과정에서 자극을 받는다.

일상의 사소하고 평범한 생활 속에서도 외부 자극을 받게 된다. 유형과 무형 등 존재하는 모든 것들은 '자극'의 원인이 되어 언제나 '긴장'을 줄 수 있다. 인간이 태어나는 순간부터 '죽음'에 이를 때까지 '외부 자극'을 받지 않을 수 없다. 따라서 매 순간마다 외부 자극을 받아야 하는 인간이 각종 증상과 질병에 시달리는 건 불가항력일지도 모르겠다. 다만 그것들을 최소화하면서 건강한 삶을 살아가고자 노력하는 것이 최선의 삶의 자세가 아닐까 한다.

외부환경 >>> 자극 >>> 증상과 질병의 형성

이렇게 우리가 겪고 있는 다양한 증상과 질병들이 수많은 유무형의 외부 환경에 의한 자극 때문에 만들어진 것이고 그 이면에는 이러한 자극들에 의한 '긴장'이 형성되어 있다고 본다면, 결국 '긴장'이라는 것은 모든 질병이 공통으로 가지게 되는 '공통 원인'이며 '공통 분모'라고 할 수 있다.

그러므로 현재의 여러 증상과 질병은 비록 다양하고 복잡하여 서로 다른 원인, 서로 다른 증상으로 볼 수도 있겠지만, 그 이면에는 '긴장'이라는 것으로 서로 연결되어 있다고 볼 수 있다.

4. 통증 치료에는 긴장이 해결되어야 한다

우리는 일을 하다가 통증이 생기면 하던 일을 잠시 멈추고 아픈 곳에 손을 얹고 호흡을 조절하며 잠시 쉬면서 통증을 진정시키곤 한다. 이러한 행동은 자연스러운 자가 치료 행위로 호흡과 이완 그리고 휴식으로 어느 정도는 통증이 줄어들고 회복될 수 있다는 것을 이미 본능적으로 알고 있으므로 하게 되는 자연스러운 행동이다. 즉 통증이 있을 때 호흡, 이완, 휴식 등으로 자가 치유를 하게 되는 것이다.

이처럼 호흡, 이완, 휴식은 통증의 치료와 관리에 매우 중요한 가치를 가진다고 볼 수 있다. 따라서 통증 치료를 하기 위해서는 직접적인 치료도 중요하지만 이러한 호흡, 이완, 휴식으로 긴장을 완화하는 것이야말로 매우 중요한 '긴장 해소'라고 할 수 있다.

그렇기 때문에 만약 어떠한 이유에 의하여 통증이 전체 혹은 국소 부위에서 발생되었다면 해당 부위의 문제뿐만 아니라 전반적인 혈액순환의 저하를 비롯한 근골격계의 긴장 및 위축, 장부 기능의 정체와 약화 및 자율신경계의 긴장과 약화, 면역력의 저하 등 육체적인 증상과 함께 심리적, 정신적인 부분에서 울체와 긴장, 위축과 약화 등이 함께 존재한다고 볼 수 있기 때문에 효과적인 치료를 위해서는 전체적이면서도 종합적이며 통합적인 방법이 필요하다. 이때 중요하게 생각하여야 할 부분이 바로 순환과 회복을 위한 심신의 긴장 해소 부분이다. 이 과정이 얼마나 적절하게 잘 이루어졌느냐에 따라 다음 단계로 순조롭게 넘어갈 수 있다.

다시 말하면 인간은 몸과 마음 그리고 정신으로 이루어져 있으며, 유형과 무형의 자극 때문에 몸, 마음, 정신에서는 긴장이 형성되면서 다양한 증상들이 발생한다. 즉 그 각각의 증상들은 스트레스에 의한 '긴장'에 의해 생긴다고 볼 수 있다. 결국 이로 인한 신체적, 심리적, 정신적 변화는 다양한 유무형의 원인에도 불구하고 각 증상의 이면에는 '긴장'이라는 공통된 흐름이 존재한다는 걸 알 수 있다.

통증과 이완

긴장되면 몸, 마음, 정신이 괴롭고 통증이 발생하지만 반대로 이완이 되면 몸, 마음, 정신이 편안하게 안정이 되면서 통증이 약해지거나 가라앉을 수 있다. 그러므로 이완은 통증을 해소하기 위한 매우 중요한 방법이라 할 수 있다.

그러면, 과연 어떤 이유로 이완이 통증에 효과가 있을지 좀 더 깊이 살펴보도록 하자.

1. 이완은 순환을 좋게 해 통증이 감소한다

통증은 심신이 긴장으로 인하여 혈액순환이 잘 안 되면서 생기게 된다. 마치 물이 잘 흘러야 오염되어 탁해지지 않고 맑고 건강한 물이 될 수 있는 것처럼, 심신이 건강하고 아프지 않기 위해서는 혈액순환이 잘 돼야 한다.

만약 긴장으로 인해 신체 조직의 기혈순환이 막히고 정체되고 둔화되었다면 그것을 순환시켜줌으로써 자연스럽게 해결할 수 있다. 마치 긴장되어 딱딱하게 굳어 있던 근육이 따뜻한 찜질이나 마사지, 목욕 등으로 도움이 될 수 있는 것처럼 순환은 통증 감소에 많은 도움이 될 수 있다.

참고로 TMS(긴장성 근육통 증후군)Tension Myositis Syndrome에서의 통증은 억압된 부정적 감정의 회피 작용이라고 하며, 이때 부정적 감정이 깊고 클수록 어둠이 커지고, 동시에 울체와 긴장도 커질 수밖에 없으므로 통증의 정도 역시 깊고 클 가능성이 높다고 보고 있다.

따라서 긴장이 크면 클수록 그리고 스트레스를 받은 정도가 깊으면 깊을수록 몸과 마음의 긴장과 수축, 울체와 정체는 커질 수밖에 없고, 그러면 그럴수록 통증도 심해질 수 있다. 그리고 만약 오랫동안 스트레스를 받아왔다면 그동안 그로 인한 육체적 심리적 정신적 긴장과 괴로움 역시 많을 수밖에 없으므로 그 고통의 흔적은 몸 마음 정신의 어딘가에 남아 지속적인 긴장과 통증을 유발할 수 있다.

2. 이완은 자율신경계를 안정시킨다

자율신경계에는 교감신경과 부교감신경이 있고, 교감신경은 긴장과 부교감신경은 이완과 관련된다. 즉, 긴장이 교감신경의 항진 상태라면, 이완은 부교감신경이 활성화가 된 상태라고 할 수 있다. 그렇기 때문에 만약 교감신경의 항진으로 인하여 통증과 염증이 발생했다면 이완을 통해 교감신경의 항진을 안정시키는 것은 매우 의미가 있는 방법이 될 수 있다. 예를 들어 심리적인 스트레스로 위염이 발생하였을 때 마음을 편하게 하면 위염 증상도 점차 나아지는 것과 비슷한 경우이다.

3. 이완은 치유 호르몬의 분비를 돕는다

엔도르핀과 모르핀은 대표적인 이완 호르몬으로 밝고 긍정적이고 희망적인 생각을 할 때 분비된다고 한다. 특히 엔도르핀은 통증이 있을 때 진통작용을 일으키는 인체에서 분비되는 대표적인 치유 물질로 한의학에서의 침술도 부분적으로는 이 엔도르핀의 농도를 높여주는 방식이라 설명되기도 한다.

그런데 이 엔도르핀은 마약의 모르핀과 헤로인과 화학구조가 비슷하며, 심신의 긴장 상태를 이완 완화하는 것으로 통증의 안정에 도움이 된다. 그러나 인위적으로 사용하여 안정시키는 것은 또 다른 부작용을 일으킬 수 있으므로 부작용 없이 긍정적인 효과를 발휘할 수 있는 것이 필요한데, 그것은 이완을 통해서 가능하다. 즉 이완이 되면 편안해지면서 순환, 회복, 안정을 찾을 수 있기 때문에 '이완은 천연 모르핀'이라고도 말할 수 있다.

4. 이완은 소염 진통 작용을 한다

인체에서는 여러 물질이 통증 발생에 관여하는데 프로스타글란딘, 브레드키닌, 히스타민 등이 있으며 이때 통증은 이 물질들이 과다하게 분비되면서 발생한다. 동시에 발열과 염증도 동반하게 된다. 그러나 대부분의 진통제는 이들 물질의 작용을 억제하면서 통증을 줄여주는 것으로 볼 수 있으니, 만약 이완을 통해 긴장이 완화되면 통증, 발열, 염증이 안정되면서 이들 물질의 분비도 저절로 줄어들게 될 것이다.

5. 이완은 뇌파를 안정시킨다

이완 상태에 관한 여러 증거 가운데 중요한 한 가지가 바로 뇌파의 존재이다. 오래 전부터 이완이 치유에 긍정적 효과가 있으며 이완이 깊어질수록 그 효과가 높아진다는 사실을 알고 있었지만, 현대에 들어 뇌파를 분석하게 됨으로써 비로소 그것이 사실이라는 것이 증명되었다.

즉 이완이 깊어질수록 의식은 점차 무의식 상태로 들어가게 되고, 뇌파 역시 더 느려지게 되면서 치유 효과가 더 발휘된다는 사실을 과학적으로 검증한 것이다. 이완의 효과를 더 명확하게 확인하게 된 셈이다.

이렇게 이완은 신경계 면역계 내분비계 등 모든 영역에서 긍정적 변화를 만들어낼 수 있으며 특히 뇌파의 안정적인 변화에도 도움이 된다. 뇌파의 종류는 현재 몇 가지로 구분하여 설명되는데, 뇌파가 느릴수록 더 이완된 상태를 말한다.

평소 활동 상태에서는 베타파가 많고, 보통의 이완 상태에서는 알파파와 세타파가 나오지만 만약 여기서 더 깊은 이완 상태가 되면 델타파가 나오게 된다. 이 상태를 호흡 수련이나 명상에서 '무아無我' 또는 '삼매三昧' 등의 경지로도 볼 수 있는데 알파파, 세타파보다 더 깊은 이완의 상태로서 치유 작용에 매우 탁월한 단계이다.

▶ 뇌파의 종류

베타파Beta Wave : 가장 빠른 뇌파로 초당 13~30Hz 대역의 뇌파로 각성 상태, 활동 상태, 스트레스 상태에서 나타난다. 베타파는 민첩성, 각성, 집중, 인식력과 관련되고, 주의를 집중하여 정신 활동을 할 때 뇌 전체에서 광범위하게 나타난다. 이 상태가 지속 반복되면 뇌는 불안, 초조하게 되고 학습 능력도 떨어진다.

알파파Alpha Wave : 8~13Hz 대역의 뇌파로 두뇌의 안정 상태를 반영하는 기본파이다. 졸지 않고 깨어 있는 상태이지만 마음을 편안하게 하고 눈을 감고 이완된 상태, 그리고 집중하고 있지 않은 상태일 때 잘 나타내며, 스트레스 해소 및 집중력 향상에 도움을 준다. 알파파는 명상파라고도 하며 두뇌의 중립, 또는 이완 상태를 의미한다.

세타파Theta Wave : 4~8Hz 대역의 뇌파를 말하며, 일반적으로 고요함과 이완이 더 깊어져 몽롱하고 얕은 수면 상태로 졸림과 깨어 있음의 중간 상태 정도를 의미한다. 세타파 상태에서는 꿈과 같은 이미지를 동반하고 그 이미지는 생생한 기억으로 경험되기도 한다. 각성 시에 나타나는 세타파는 주의 각성을 시켜 문제 해결의 아이디어를 제공하기도 하고 창조적인 힘으로 연결되기도 한다. 참고로 지금까지는 뇌파 검사를 할 때 세타파가 만들어지면 곧 수면에 빠져버려 검사를 더는 진행하기 어려웠기 때문에 이에 관한 연구가 오랫동안 어려움이 있었다.

델타파Delta Wave : 0.5~4Hz 대역의 뇌파로 혼수 상태나 깊은 수면 상태에서 발생하는 뇌파이다. 대부분의 사람은 델타파 상태에 있을 때 수면 또는 무의식 상태에 있게 된다. 하지만 이때 의식을 유지할 수 있다는 증거가 속출하고 있고 이것은 어떤 황홀경 같은 상태와 관련이 있는 것으로 알려져 있다. 델타파 상태에서 두뇌는 많은 양의 성장호르몬을 분비한다. 의식이 깊어질수록 그 양은 많아진다고 한다.

■ 호흡 수련과 명상 그리고 뇌

현대의학에서는 몸과 마음 그리고 뇌를 따로 보고 있다. 그러나 관점에 따라서는 몸과 마음이 연결되듯 뇌도 같이 서로 연결되어 있다고 볼 수 있다. 즉 뇌의 작용이 몸과 마음에 영향을 줄 수 있듯이 몸과 마음의 작용에 의해서도 뇌에 변화가 온다.

실제로 오랫동안 명상을 한 사람들을 보면 우반구에서 좌반구로 우성優性이 변화하고, 뇌파는 세타파가 많아지고, 일산화질소가 많아져 뇌혈관을 확장하고 신경전달물질의 분비를 쉽게 해준다고 한다. 따라서 호흡 수련과 명상은 내면의 세계, 무의식의 영역, 그리고 '집합무의식'의 영역으로 깊이 들어가게 할 수 있으므로 결국 뇌를 비롯한 몸과 마음의 변화를 만들어 가는 방법 중 하나라고 할 수 있다.

이완과 깊은 이완

긴장은 통증을 초래하므로 통증의 해소를 위해서는 이완이 수반되어야 한다. 물론 이완을 한다고 해서 누구나 다 같은 효과를 보는 건 아니다. 예를 들어 호흡 수련이나 명상을 할 때도 잘하는 사람도 있겠지만 그렇지 않은 경우도 있기 때문에 이완을 얼마나 깊이 있게 잘하는가가 관건이다.

같은 잠이라도 그 깊이가 다르며, 같은 물이라도 좋은 정도가 다르며, 같은 과일이라도 얼마나 맛있는가의 다름이 있는 것처럼 이완도 평범한 경우도 있겠지만 깊고 고요하며 충만한 이완도 분명히 존재하기 때문이다. 깊고 충만한 이완 상태는 무아지경이자 무념무상의 상태와도 비슷하다고 이야기할 수 있다. 이 상태에 이르면 잠을 깊이 푹 잔 것처럼 몸과 마음이 개운하고 정화 회복 치유 작용도 많이 일어난다.

물론 이완된 상태가 이러한 경지와 서로 같다고 말할 수는 없겠지만, 이완을 통한 안정과 회복이라는 측면에서 본다면 다소 비슷한 의미라고 볼 수도 있다. 즉 '깊은 이완'을 통해 긴장을 해소해주면 몸, 마음, 정신적인 부분에서 더 긍정적인 변화와 함께 치유가 이루어질 수 있다. 그러므로 이완은 통증을 치료하는 데 매우 중요한 방법이 된다.

하나에서 만상萬象이 생겼고, 만상은 하나로 귀결될 수 있는 것처럼, '긴장'은 만상의 다양한 통증 및 증상 즉 많은 긴장성, 심인성 그리고 스트레스성 증상과 질환들이 만들어진 핵심적인 '하나'가 되는 것으로, 이 모든 것을 해결하기 위한 열쇠가 된다고 할 수 있다. 따라서 만상의 다양한 증상과 질환들을 해결하기 위해서는 증상과 질환들을 하나하나씩 조절하고 다스릴 수도 있겠지만 '하나'인 '긴장'을 조절하는 방법도 좋은 방법이 될 수 있다.

따라서 이완은 이렇게 긴장을 해결할 수 있는 공통분모로서 모든 부분을 해결할 수 있는 핵심적인 연결고리의 역할뿐만 아니라 여러 다양한 증상들의 치료에도 도움이 될 수 있다.

긴장	⇨	다양한 통증 증상의 발생
긴장해소 (이완)	⇨	다양한 통증 증상의 해소 (심신의 긴장성 질환 등)

하지만 이처럼 이완이 중요하지만, 치유와 회복의 힘을 강하게 하려면 더욱 증폭된 이완의 힘이 필요하다. 그러나 그 힘을 증폭시키기란 실제로 너무 막연하며 쉽지 않다.

왜냐하면 평소 스트레스가 많고 긴장을 지속적으로 유지하는 사람이거나 현재 불안, 초조, 긴장, 우울, 불면 등의 상황에서 육체적 통증과 불편함이 지속하는 상태라면, 지속적이고 안정적인 '이완 상태'를 유지하고, 더구나 '깊고 충만한 이완 상태'로 접어든다는 것은 당사자는 물론 이완 치료를 많이 경험한 사람이라 할지라도 쉬운 일은 아니기 때문이다.

이완은 깊을수록 좋다. 이완이 깊다는 것은 마치 호흡 수련이나 명상에 깊이 젖어들어 있는 상태로 이는 의식이 표면의식에서 깊은 무의식의 세계로 빠져들어 있는 상태라고 볼 수 있는데, 평범하게는 깊은 수면 상태와 비슷하다고도 말할 수 있다. 이러한 깊은 이완 상태는 정신이 매우 집중된 상태로 정기신(몸, 마음, 정신)이 하나로 '통합이 된 상태'이며 무아의 경지이자 선정에 든 상태라고 할 수도 있다.

다르게 설명해보면 깊은 이완 상태는 집합무의식의 영역으로 진입할 수 있는 통로 역할을 한다고 할 수도 있다. 즉 깊은 이완 상태는 깊은 무의식의 상태로 초월적 의식이며 절대 신성, 궁극의 자신과 통할 수 있으며, 깊고 고요하고 충만하며 해탈과 깨달음, 삼매의 상태와도 비슷한 의미로 이해할 수도 있다.

이완이 깊으면 깊을수록 생명의 에너지는 더욱 커질 수 있고 치유의 힘도 더 증폭될 수 있지만, 이것이 가능하기 위해서는 정기신의 통합을 통한 깊은 이완이 되어야 한다. 그래서 만약 그러한 이완 상태가 될 수 있다면 몸, 마음, 정신의 치유 작용이 증폭되어서 질병들의 회복과 안정, 치유가 이루어질 수 있다.

그뿐만 아니라 '집합무의식'의 상태와 연결되며 '초월적 에너지장'과의 소통 확장되어 결국 이완을 통해 치유와 함께 정기신의 안정과 회복작용이 일어날 수 있다. 곧, 깊은 이완 상태는 '치유의 공간'이자 '깨달음의 공간'이며, 지극한 '심신 안정의 공간'이며 '집합무의식의 공간'이다.

집합무의식은 정신의학자인 칼 융의 분석심리학의 중심 개념으로 개인무의식의 일부 혹 개인적 경험이 아닌 인류의 역사와 문화를 통해 공유된 정신적 자료의 저장소를 말한다. 칼 융은 이것을 인간의 가장 심층부의 의식으로 자발성, 창조성, 깊은 통찰의 원천이 되며 인류 역사를 통해 모든 사람에게 전달된 공통된 정신의 바탕이며 경향이라고 하였다.

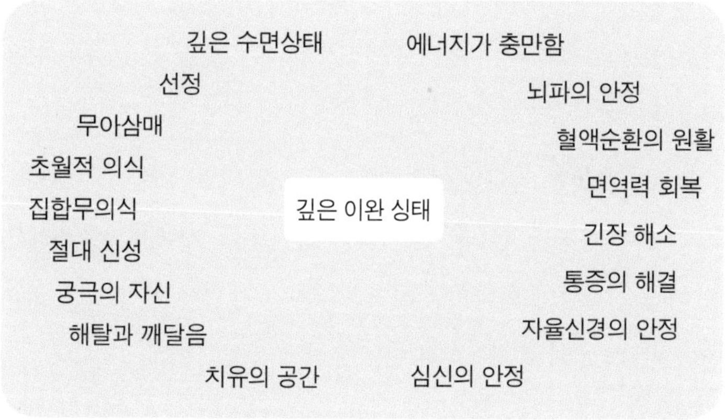

즉 태고로부터 전해져 내려오는 정신으로 전 인류가 동일한 내용을 가지고 있는 의식이라 하였으며, 여기에 우주 만물의 바탕이 되는 근원의 에너지가 존재한다고 생각하였다. 집합무의식은 표면의식과 개인무의식보다 더 깊은 심층부에 있는 의식 영역이다. 여기는 충분한 이완이 되지 않으면 도달하기 힘든 영역으로 보통은 깊은 수면에 빠져 있거나, 영성이 아주 밝거나, 어릴 적부터 훈련을 받았거나, 명상이나 호흡 수련을 잘하는 경우에 도달할 수 있다고 한다.

일상을 살아가며 빈번하게 긴장과 스트레스에 휩싸이고 좋지 않은 생각과 감정, 불량한 음식, 나쁜 공기에 노출되다보면 자연 치유력이 약해지고 면역력은 저하되며. 더불어 사랑과 행복, 감사의 감정에 있어서도 인색해질 수 있다. 따라서 오욕칠정에 얽매여 살아가고 있는 현실에서 이 영역까지 도달한다는 것은 결코 쉬운 일은 아니다.

아울러 충분한 의식의 안정, 깊고 고요한 이완 상태를 경험한다는 것 또한 마찬가지이다. 한편 최근 '양자의학'에서는 '집합무의식'을 가장 심층부의 의식으로 이것은 무한한 능력이 있어 그 능력은 전지전능하며 자연 치유력이 있는 곳이라 말하고 있다.

그리고 이 능력은 6세가 되면 잃어버리지만 성인이 되어도 항상 우주와 연결이 되어 있으므로 원리를 깨닫고 적절한 방법들을 시도하면 이 능력을 어느 정도 회복시킬 수 있으며, 자연 치유력도 촉진할 수 있다고 하였다. 따라서 치유력을 높이고 무한한 능력을 키워나가기 위해서는 이러한 원리를 깨닫고 집합무의식의 에너지를 지속적으로 받아야 한다고 이야기하고 있다.

■ 집합무의식

'융은 집합무의식에는 사람이 단세포에서 출발해 수억 년의 진화 과정을 거치면서 경험한 모든 기억이 저장되어 있다고 했으며, 이 집합무의식은 동시성synchronicity의 원리에 의해 시간과 공간을 초월해 전파되는 성질이 있어 집합무의식은 전 인류가 동일한 기억으로 가득 차 있다고 했다. 여기서 칼 융이 말하는 동시성의 원리란 봄(데이비드 봄)이 말하는 비국소성 원리와 동일한 것이다.'

'대부분의 사람들은 집합무의식이 이러한 능력이 있다는 사실을 모르기 때문에 그것을 개발하지 못하고 따라서 사용하지 않기 때문에 인간의 무한한 능력이 무용지물이 되고 있다. 만약 마음의 무한한 능력을 관장하는 집합무의식을 6세 이전에 개발하면 집합무의식을 이용할 수 있는 조건반사가 형성되어 성인이 되어서도 집합무의식의 무한한 능력을 이용할 수 있게 될 것이다.'

■ 비국소성의 원리

모든 것은 서로 분리되어 있으며, 서로 간에는 어떤 신호를 통해서만 정보 전달이 가능하다는 이론은 20세기가 들어서면서 양자학에 의하여 바뀌어졌다. 즉, 양자학에서는 아주 작은 소립자는 입자와 파동의 이중성을 가지며, 이 소립자의 파동은 전 우주 공간에 걸쳐 있고 서로 하나로 연결되어 있다는 것을 증명하였다. 즉, 존재하는 모든 물질은 입자와 파동을 가지며, 서로 연결되어 있다는 것이 비국소성 원리이다.

이 원리에 따르면 물질이 있으면 그 뒷면엔 항상 에너지가 존재하며, 이 에너지장은 열려 있어 서로 간의 에너지장과 상호 연결되어 있다고 한다. 따라서 분자, 세포, 조직 및 장기들은 각자의 물질적 구조와 파동을 가지고, 이 파동은 에너지장들을 형성하게 되고, 이 에너지장은 서로 연결되어 있는 것이다.

그리고 이 의미를 확장하면 인간 역시 물질적 구조와 에너지장을 가지며, 이 에너지장은 각각의 개인들과 연결되고, 더 확장되면 존재하는 모든 물질과도 연결되어진다고 이야기할 수 있다. 결국 이 원리는 우아일체 즉 우주와 내가 서로 다르지 않으며 서로 연결되어 분리되어 있는 것이 아니라는 의미와도 통한다고 이야기 할 수 있다.

통증의 근본적인 치료

심하든 심하지 않든 통증은 누구에게나 불편함과 고통을 준다. 때론 극심한 통증에서 벗어나기 위해 마약성 진통제, 프로포폴, 수면제 등에 의존하다가 극단적인 선택을 하기도 한다. 통증, 염증, 혈액순환장애, 불안, 우울, 공황장애, 불면 등과 고혈압, 당뇨, 심혈관질환 등등의 증상들은 스트레스를 받아 긴장이 되었을 때의 증상들 중 일부분으로 이러한 증상들이 나타나고 있다는 것은 현재 '스트레스를 받고 있는 상태'라는 것을 뜻한다.

즉 이러한 증상들은 모두 몸, 마음, 정신이 스트레스로 인하여 교감신경의 지나친 항진이라는 공통된 상황을 가지고 있다고 볼 수 있다. 이들 증상을 치료하고자 한다면 하나하나의 증상에 대한 치료도 중요하지만 공통 상황인 '교감신경의 항진'이라는 부분을 다스려 줄 필요가 있다.

다시 말하면 교감신경의 항진이라는 상태는 위에서 언급된 다양한 증상들이 가지고 있는 공통적인 상황이라 할 수 있는 것으로, 만약 이 상태가 다소나마 안정된다면 제반 증상들의 치료와 회복에도 그만큼의 도움을 줄 수 있다. 그 이유는 제반 증상들의 이면에는 '교감신경의 항진'이라는 공통적인 상태가 존재하며, 각각의 증상들과 상호 연결되어 있기 때문으로, 이 부분의 안정은 개별적인 증상 치료와 함께 중요한 부분이 된다.

공통적인 부분 = 공통분모 = '교감신경의 항진 상태'

한편 공통분모라는 것은 공통적인 부분을 가지고 있다는 것을 말하는 것으로, 결국 이러한 '교감신경의 항진' 상태의 치료는 비록 부분적인 방법이라 할 수 있지만 결과적으로는 전체가 다스려지게 되므로 결국은 모든 증상을 안정시킬 방법이라고 볼 수 있다.

1. 각종 증상의 공통분모를 치료한다

각종 증상을 치료할 때 만약 원인과 치료 방법이 확인되고 명확하게 효과가 증명된 치료라면 분명 효과가 좋을 수도 있겠지만, 그렇지 않은 경우도 분명히 존재할 수 있다. 예를 들어 심신의 긴장으로 인하여 두통, 불면, 소화불량, 뒷목의 근육통 등의 증상이 있을 때, 만약 두통엔 진통제, 불면증엔 수면제, 소화불량엔 소화제, 뒷목의 통증엔 진통제 등으로 치료하는 방법에 관하여 우리는 몇 가지를 생각해 볼 필요가 있다.

1. 이렇게 치료하는 방법이 얼마나 명확한 방법인가?
2. 치료하면 증상들은 좋아질 수 있는가?
3. 치료하면 무엇이 좋아지는가?
4. 치료 후 심신의 회복은 어떻게 할 수 있는가?
5. 원인에 대한 치료는 가능한가?
6. 질병으로 드러난 다양한 근육과 신경, 혈관 그리고 장부와 조직들의 순환장애와 기능 약화 등의 문제들은 과연 어떻게 회복시켜 줄 수 있는가?

2. 공통분모는 공통된 증상이자 공통된 원인이다

원인	다양한 증상과 질병	
	질병 이전의 과정	질병
스트레스 및 교감신경의 항진으로 인한 긴장	긴장으로 인한 근육과 신경, 장부조직 등의 정체와 약화, 혈액순환장애, 조직의 손상 등	두통 불면 소화불량 뒷목의 근육통 등

앞의 〈표〉에서 보듯이 현재의 질병은 그것의 형성 이전에 원인과 과정이 존재한다. 따라서 다양한 증상과 질병들을 치료할 때 증상 그 자체를 해결하는 것도 중요하겠지만, 현재의 증상과 질병들이 만들어지기 이전의 흐름과 과정을 어떻게 해결할지 생각해볼 필요가 있다.

예를 들어 스트레스로 두통과 소화불량 그리고 불면증이 생겼다면 다음과 같이 설명할 수 있다. 즉 두통 소화불량 불면증의 각각의 증상들은 스트레스로 인하여 긴장이 형성되면서 발생하는 것으로, 각각의 증상들 속에는 동일한 긴장 상태가 존재하고 있게 된다. 따라서 치료를 한다면 증상 하나하나를 할 수도 있겠지만, 각각의 증상들이 공통적으로 가지고 있는 '긴장'이라는 부분을 치료할 수도 있다.

3. 표면 증상과 이면 증상을 제대로 안다

우리가 보통 알고 있는 증상 및 질환이라는 것은 겉으로 잘 드러나 있어서 확인하고 인식하기가 상대적으로 쉽다고 할 수 있기 때문에 '표면 증상'이라고 할 수 있다. 반면에 '이면 증상'은 아직 구체적으로 질병의 형태가 만들어지지 않은 상태로 차후 표면으로 드러날 수도 있으므로 표면 증상의 전단계라고 할 수 있다.

	원인	과정	증상/질병	치료
두통	스트레스	긴장	두통	두통 치료 + 긴장 치료
소화불량	스트레스	긴장	소화불량	소화불량 치료 + 긴장 치료
불면증	스트레스	긴장	불면증	불면증 치료 + 긴장 치료
	긴장 = 이면 증상 (공통분모)		표면 증상	각 증상 치료 + 긴장 치료

흔히 미병未病이라고 하는 것도 여기에 해당한다. 미병未病이란, 괴롭고 아프고 불편하지만 아직은 구체적인 질병이라고 말할 수 없는 상태를 말한다.

이러한 이면 증상은 객관적으로 드러나 있지 않은 다소 주관적이며 숨겨져 있는 증상이라고 할 수 있는 것으로, 앞의 〈표〉에서 본다면 '원인'과 '질병'의 중간에 있는 '긴장'에 해당한다고 할 수 있다. 따라서 대부분의 질병 특히 스트레스성의 경우라면 구체적인 증상이나 질병으로 형성되기 전에는 대부분 이 과정을 거치게 된다.

그렇기 때문에 '긴장'은 각 증상의 이면에 공통으로 가지고 있는 '공통분모'가 될 수 있다. 예를 들어 스트레스로 인한 교감신경의 항진으로 심신의 긴장이 되어 두통 소화불량 불면증 등이 생겨났다면, 이때의 '긴장'은 이면 증상에 해당하며, 이는 각각의 표면 증상들의 공통된 원인이자 공통된 분모라고 이해할 수 있다.

통증, 염증, 고혈압, 불안, 불면, 우울, 공황장애, 척추디스크 등의 증상들은 우리가 잘 알고 있고 객관적으로 확인할 수 있는 표면에 드러난 '표면 증상'이라 할 수 있다. 그런데 이들 표면 증상들은 갑자기 발생한 것은 아니며 반드시 어떠한 과정과 흐름에 의해서 형성되었다고 볼 수 있는데, 그 원인을 살펴보면 구체적인 경우가 있기는 하지만 대부분은 모호하거나, 혹은 만성적인 스트레스로 인한 심신의 긴장 때문으로 볼 수 있다.

다시 말하면 스트레스로 인한 '교감신경의 과항진'이 일어나면서, 다양한 증상과 질병들을 유발한다는 것을 알 수 있다. 이렇게 현대 질병의 대부분이 스트레스와 관련이 있다고 한다면, 결국 그 이면에는 '교감신경의 과항진'이라는 공통된 흐름을 가지고 있을 수밖에 없다.

한편 이러한 교감신경 항진은 정기신의 긴장과 흥분 상태로, 육체적으로는 특정 부위의 경락이나 근육과 신경의 긴장과 순환장애 등을, 감정적으로는 다양한 감정의 지속적 반복적 폭발적인 조절장애 등을, 정신적으로는 어떠한 생각의 집착이나 망각, 사고장애 및 결핍 등을 이야기한다고 볼 수 있다. 초기에는 기능적인 이상, 무형적인 이상, 가벼운 불편감 등으로 나타나게 되지만, 시간이 지나 점차 항진이 되면, 구체적, 기질적, 유형적인 이상으로 진행되게 될 것이며, 이때가 되면 비로소 '표면 증상'이 형성된다 할 수 있다.

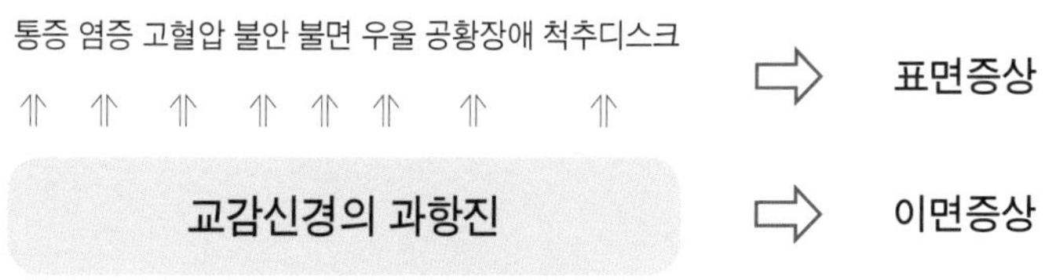

4. 이면 증상 치료는 원인 치료이다

이면 증상의 치료는 각 증상의 공통분모이자 공통 원인을 치료하는 것으로 스트레스로 인하여 항진된 교감신경의 안정이며, 표면 증상의 치료보다 좀 더 근원적인 치료라 할 수 있다. 즉 이것은 드러나 있는 각각의 증상들과 이면의 다양한 증상들을 함께 치료할 수 있는 것으로 결국 정기신의 전반적인 치료가 되며, 궁극적으로는 정기신의 안정과 회복을 의미한다.

다시 말하면 질병은 어떠한 과정을 통해 형성될 것이며, 그 과정을 '이면 증상'이라 한다면, 이 이면 증상은 표면 증상의 원인이 되며, 그 증상 속에 숨겨져 있는 흐름이며 상태라고 할 수 있다. 따라서 이면 증상의 치료는 표면 증상의 원인 치료에 해당한다고 할 수 있다.

스트레스로 인한 위염 발생시 육체적인 위장만 아프다?

다른 부위는 정상이다?

감정적인 부분은?

정신적인 부분은?

예를 들어 스트레스가 있으면 근육, 신경, 혈관의 긴장되고 특히 심폐 쪽은 항진되고 소화기, 배설기, 비뇨생식기 쪽은 약화하면서 다양한 증상들이 생길 수 있다. 이때 스트레스로 인하여 교감신경이 항진되면서 나타나는 근육, 혈관, 신경 및 장부 조직들의 긴장이 이면 증상이다.

그리고 이로 말미암아 발생하는 심장병, 천식, 두통, 불면, 불안, 우울, 소화불량, 장염, 변비, 요통, 뒷목 통증, 생리통, 방광염 등의 증상들은 표면 증상이라고 할 수 있다. 즉 이면 증상으로 인한 흐름이 시간이 지나면서 점차 구체적 기질적 유형적인 과정을 거쳐 만들어진 결과가 표면 증상이므로 이 증상을 치료하려면 마땅히 원인 치료에 해당하는 이면 증상의 치료가 필요하다고 볼 수 있다.

인체는 몸 마음 정신이 분리되어 있지 않으며, 함께 아파하고 함께 회복된다. 예를 들어 스트레스를 받아 위염이 발생하였다면, 이때 인체에서는 '위장의 염증' 한 가지 현상만 일어나지는 않는다. 즉 스스로가 느낄 수 있든 없든 스트레스로 인한 심신의 긴장으로 신체 전반에서 다양한 흐름과 증상들이 생겨날 것이며, 이때의 위장 염증은 그 중의 하나에 불과하다.

다만 현재 자신이 인식하며 알고 있는 것이 '위염' 한 가지뿐이라는 것이며, 다른 부분들은 얼마나 어떻게 변화가 있는지 아직은 잘 모르는 상태라고 말할 수 있다. 그리고 이것은 비단 육체적인 부분뿐만 아니라 심리적, 정신적 부분에서도 그렇다. 그러므로 이러한 경우에 위염 증상만을 대상으로 치료하는 것은 다소 부족한 방법이라고 할 수 있다.

이렇게 하나의 질병은 단순한 하나의 문제만을 의미하지는 않는다. 위에서의 위염만을 생각해보더라도 그 이면에는 긴장이라는 큰 흐름이 있고, 그로 인하여 위염이 발생한 상황으로 볼 수 있는 것이기 때문에, 위염을 독립적으로 인식하기보다는 다른 장부나 조직뿐만 아니라, 심리적 정신적인 부분까지도 폭넓게 상호 간의 연결성을 생각해보아야 할 것이다.

그렇기 때문에 치료를 하려면 이 모든 것을 함께 치료할 수 있는 방법을 찾아야 한다. 왜냐하면 증상들을 모두 하나하나씩 치료한다는 것은 거의 불가능에 가깝고, 또한 그렇게 치료를 한다고 하더라도 원활하고 효율적인 치료가 되지 않을 가능성이 크기 때문이다.

따라서 이들을 모두 치료하기 위해서는 서로 연결되어 있는 핵심고리 부분인 '긴장'이라는 부분을 다스려주는 것이 필요하며, 이것이 바로 정기신 전체를 치료하는 것이며, 정기신의 통합적 치료를 의미한다. 즉 겉으로 드러나 있는 몸 마음 정신적인 증상들이 하나하나 독립적인 증상처럼 보일 수는 있겠지만 그 원인을 보면 서로 공통적인 부분이 있으므로, 이 부분을 치료하는 것이야말로 제반 증상들을 모두 치료할 수 있다. 결국 '긴장'을 치료하는 것은 각 증상의 전반적인 치료와 회복을 통합적으로 할 수 있는 계기가 될 수 있다.

이완의 치료 메커니즘

1. 교감신경과 부교감신경

교감신경과 부교감신경은 '자율신경계'라는 인체의 시스템 중 하나로 인체를 양방향에서 상호 조절하여 균형을 이루고 있는 것으로, 만약 갑작스럽거나 위급한 상황 변화가 발생하면 에너지의 사용을 통해 그것에 대응하여 극복할 수 있게 하거나 반대로 사용된 에너지를 보존하는 역할을 한다.

이렇게 교감신경과 부교감신경은 서로의 역할과 기능이 반대된다고 볼 수 있다. 예를 들어 교감신경은 심장박동을 촉진하지만 부교감신경은 이를 억제하고, 교감신경은 에너지를 소비하면서 동시에 소화와 배설 기능은 억제하지만 부교감신경은 소화와 배설 기능의 활성화와 함께 교감신경에 의해 사용된 에너지를 보존하게 된다.

2. 부교감이 활성화되면 행복해진다

일반적으로 교감신경과 부교감신경은 시소의 원리처럼 하나가 올라가게 되면 하나는 내려가게 된다. 즉 교감신경이 항진되면 부교감신경은 위축되고, 부교감신경이 활성화가 되면 교감신경은 약화된다. 따라서 항진된 교감신경을 다스리기 위해서 직접 그것을 억제할 수도 있지만 때로는 위축된 부교감신경을 활성화하는 방법을 사용할 수도 있다.

따라서 교감이 항진되어 있다면 시원한 물이나 공기를 섭취하여 진정시켜주거나, 강한 신체 활동을 통한 땀을 내는 등의 방법도 있겠지만, 따뜻하고 맛있는 음식을 섭취하거나, 정신적 심리적 안정을 유도하거나, 몸을 따뜻하게 하거나, 휴식하거나, 음악을 듣거나, 스트레칭 등을 통하여 부교감신경을 활성화해 교감신경의 항진 상태를 조절할 수 있다.

그리고 이러한 과정을 통해 긴장된 심신이 이완, 안정될 때 우리는 편안하고 기분 좋고 행복감을 느끼게 된다. 물론 부교감신경의 활성화가 무조건의 행복을 의미하지는 않는다. 이 역시 부조화의 상태로 만약 과항진된다면 우울증, 무기력증이 오면서 땀이 나고, 수족은 항상 차가우며, 동공은 수축하고 타액, 눈물, 콧물의 분비량이 증가하며 변비나 설사, 맥박 감소, 호흡운동의 불편함 등이 야기될 수 있다. 이렇게 다소 좋지 않은 의미가 있음에도 불구하고 부교감의 활성화가 행복을 의미한다고 이야기하는 이유는 교감신경의 항진과 대비시키기 위해서이니 이 책을 읽는 분들은 이 점을 이해해주시기 바란다.

3. 교감신경이 과항진되면 질병이 발생한다

교감신경이 활성화가 지속되면 질병 상태로 진행되기 쉽다. 그렇기 때문에 인체는 그것을 방지하기 위하여 적절한 시점이 되면 더 이상 교감신경의 항진이 되지 않도록 불편함이나 통증 혹은 피로감 등을 발생시키면서 적절하게 조절하게 되는데, 만약 그럼에도 불구하고 교감신경이 계속 항진되면 통증 염증 등 심신의 각종 증상이나 질병들이 발생 및 악화할 수 있다.

이렇게 인체는 교감신경이 지나칠 때 그로 인하여 질병이 발생하지 않도록 자율적으로 부교감신경을 활성화해 조절하는 시스템이 있으므로 치료와 관리에서도 이러한 시스템을 잘 이해하고 응용한다면 더 효율적으로 인체를 관리할 수 있을 것이다.

4. 긴장 해결이 선행되어야 한다

아는 만큼 보이고, 아는 만큼 치료가 되는 것이니, 치료를 잘하기 위해선 질병의 흐름을 잘 이해하여야 한다. 특히 스트레스와 관련하여 질병이 긴장과 어떻게 연결되어 있는가를 이해할 필요가 있다. 왜냐하면 질병은 스트레스로 인한 결과적 산물로 볼 수 있는 것으로 실제로 교감신경이 과항진되면 질병을 유발, 또는 악화시키거나 동시에 심신의 다양한 불편함과 고통을 발생시킬 수 있기 때문이다.

따라서 긴장이 완화되어 이완, 안정되면 통증과 불편함은 감소하며 치료와 회복에도 적지 않은 도움이 될 수 있으므로 긴장의 해소는 중요한 부분이다. 그렇기 때문에 많은 현대인은 자신들의 질병 치료나 건강관리를 위해 요가 산책 목욕 명상 호흡 등 다양한 방법을 통하여 심신을 이완, 안정할 수 있도록 많은 시간과 노력을 투자하고 있는 것이다.

다시 말하면 부교감신경이 활성화가 되면 교감신경이 이완, 안정되면서 긴장이 해결될 수 있다. 즉 몸과 마음이 이완, 순환되어 치유, 안정될 수 있다는 것이다. 따라서 적절한 방법으로 부교감신경을 활성화해 교감신경의 항진을 안정시킬 수 있다면 긴장에서 벗어날 수 있고, 동시에 긴장 때문에 발생한 다양한 증상이나 고통도 회복 안정 치유될 수 있을 것이다.

즉 그 어떤 방법을 시도하여서라도 '긴장 상태'가 조금이라도 안정될 수 있다면, 그로 인하여 발생하였거나, 연관되어 있었던 다양한 통증과 염증, 파괴된 조직, 약화된 면역력, 혈액순환의 정체, 근육과 신경의 위축, 심리적인 불안, 긴장, 우울, 공황 등의 증상들도 그만큼 회복 안정될 수 있다.

그러므로 치료를 위해서는 우선 긴장의 안정이 중요하다. 즉 스트레스로 인한 긴장은 치료를 방해하거나, 건강을 악화시킬 수 있지만, 반대로 심신의 이완과 편안하고 즐겁고 희망적 긍정적인 마음은 치료를 도와주면서 더욱더 빠르고 안정적으로 건강을 회복하는 데 많은 도움을 줄 수 있는 것이므로 긴장의 안정은 무엇보다 중요한 부분이다. 그러나 아직은 긴장을 충분히 해소하기에는 많이 부족한 상황이므로, 현재의 질병을 치료하고 관리할 수 있는 시스템보다 더욱더 강화되고 확실하고 명확한 좋은 방법을 찾아야 할 것으로 본다.

심신의 스트레스로 교감신경이 항진되면 '긴장'이 형성되고, 이때 몸과 마음 정신은 모두 이로 인한 '큰 흐름'에 의해 다양한 증상들이 발생하게 된다. 그러므로 이러한 각 증상의 안정은 그 이면에서의 몸 마음, 정신적인 긴장의 완화, 순환개선, 통증과 염증의 안정, 면역력의 회복 등을 모두 내포하게 된다.

바꿔서 이야기하면, 이면에서의 '큰 흐름'의 회복과 안정이 없다면 각 증상의 안정 또한 기대하기가 어렵다고도 볼 수 있다. 그렇기 때문에 이러한 '큰 흐름'의 개선은 각 증상의 자연스러운 치료와 안정을 만들어가는 데에 있어서 중요한 과정이 될 수 있으며, 전체적인 심신의 안정과 회복에도 긍정적인 작용을 줄 수 있을 것으로 본다.

5. 정기신 통합 치유

다양한 증상과 질병들을 전체적이고 종합적인 치료를 하려면 그만한 힘이 있어야 하고, 그러기 위해선 각각 분리된 힘이 아닌 통합의 큰 힘이 필요하다. 따라서 정기신 통합을 통한 치료라는 방법은 여기에 대한 좋은 대안이 될 수 있을 것이다.

정기신은 분리되어 있지 않고 서로 유기적으로 연결되어 있다. 즉 몸, 마음, 정신은 서로 유기적으로 연결되어 영향을 주고받으면서 하나의 기운으로 형성된다. 이것은 질병의 형성과 치료에서도 마찬가지다. 그러나 지금까지는 서로 분리되어 있다고 규정하고 그렇게 인식해왔다고 말할 수 있다.

정기신은 서로 연결되어 있으므로, 이것을 분리하여 개별적으로 치료하여서는 정기신을 함께 다스릴 수는 없다. 특히 스트레스로 인한 경우라면 더욱더 그러하다. 따라서 전체적이고 통합적인 치료를 통해 정기신을 함께 다스릴 수 있도록 하여야 한다. 그러기 위해서는 몸 마음 정신의 통합을 통하여 만들어지는 증폭된 힘을 통해 깊이 있고, 전체적이며, 통합할 수 있는 치료가 필요하다.

한편 우주의 시작이 하나의 빛(마음, 에너지)에서 시작이 되었다고 한다면, 인간의 정기신 즉 몸 마음 정신 역시 그 빛으로부터 존재성을 부여받았다고 볼 수 있다. 즉 비록 정기신이 각각 나뉘어 있다고 하지만 그 뿌리는 하나로 볼 수 있으며, 육장육부와 뼈 근육 신경 혈액 등의 인체 조직과 세포, 그리고 감정, 의식, 생각 등이 그 구성과 모습이 서로 다르지만, 근본적으로는 하나로 연결되어 있다고 볼 수 있다.

그렇기 때문에 만약 각각 분리되어 있는 기운과 에너지들을 하나로 통합할 수 있다면 더 큰 에너지로 만들 수 있을 것이며, 또한 이것을 치료에 응용한다면 기존과는 다른 흐름으로 또 다른 치유 효과가 생겨날 것으로 본다. 즉 기존 의학이 몸 마음 정신이 분리된 개념에서의 치료라고 본다면 앞으로는 통합과 융합으로 전환되어야 할 것이다.

통합적인 치료에서 중요한 부분은 '신神'의 영역으로, '신神의 개입介入'이라고도 할 수 있다. 이것은 결국 의지이자 생각으로 현재 자신의 상태와 치료에 대한 이해와 향후 치료에 대한 방향성을 내포한다고 할 수 있다.

즉 이것은 '미래의 나아가고자 하는 길'이라고 이야기할 수도 있는데, 결국 어떤 마음, 어떤 의지, 어떤 방향으로 치료하며, 어떤 결과를 만들고자 하는가는 치료 과정에 있어서 꼭 필요한 부분으로 이러한 '신의 개입'은 정기신 통합적인 치료의 완성을 위한 매우 중요하다.

▶ 신神의 힘이 필요한 이유

첫 번째는 믿음이다. 신뢰하고 믿지 않으면 효과가 반감된다. 두 번째는 마음을 다해 집중하면 좋은 효과가 있다는 것이다. 정성으로 집중하며 치료를 하여야 함을 이야기한다. 세 번째는 목표와 목적으로 방향성에 해당하는 부분이다. 적절한 목표를 가지고 노력해야 한다. 즉 아무리 열심히 노력하더라도 목적성과 방향성이 없으면 그 노력이 물거품이 되는 경우가 많기 때문이다.

6. 긍정적인 마음이 좋은 치료를 만든다

현재에 존재하는 모든 것들은 미래가 현실화된 결과적 산물로, 미래로부터 시작되어 변화되고 만들어지게 된 것으로 볼 수 있다. 한편 과거는 이미 현실화된 결과물로 변화되지 않는 것이며, 현재는 과거를 바탕에 두고 있으면서 계속 새롭게 만들어지고 있는 과정이며, 미래는 현재가 나아가는 방향으로 지금 이 순간 기대하고 꿈꾸고 있는 생각과 의지가 작용하고 있는 부분이다. 따라서 이미 만들어져 있는 과거를 변화시키고 다시 창조하기 위해서는 그러한 미래를 꿈꾸며 새롭게 만들어가고자 하여야 할 것이다.

마찬가지로 치료를 한다는 것은 현재의 증상을 치료하는 것이지만, 이는 곧 과거의 결과물을 변화시킨다고 볼 수도 있다. 즉 현재에서 과거로 이어지는 여러 다양한 몸과 마음 그리고 정신적인 문제들을 해소하고 정리한다는 것으로 볼 수 있으니, 결국 현재 증상의 치료는 과거와 현재를 함께 해결하는 것으로 볼 수 있다.

한편 치료라는 것은 변화를 의미하는 것으로, 과거는 이미 지나가버린 부분이라 변화될 수 없으므로, 결국 '미래'에 의하여 치료가 이루어져야 할 것이다. 즉 현재 내가 느끼는 증상들은 이미 '결과물'로 존재하는 것이므로 변화될 수 있는 것은 아니지만, 미래는 아직 오지 않은 부분이기 때문에 변화할 수 있다. 그렇기 때문에 '신神' 즉 '생각'이 과거에 머물러 있어서는 새로운 변화를 만들어갈 수 없다. 개척과 혁명 즉 그렇게 희망하고 꿈꾸는 '신神의 작용'이 필요한 것이니, 신神의 개입이 더 큰 작용을 일으켜 현재를 바꾸게 되고, 과거를 변화시키게 되는 것이다.

다시 말하면 짜증과 불쾌감 비관적이며 부정적인 마음으로 아무리 신신한 공기를 마신다고 하더라도 상쾌한 변화를 충분히 느끼긴 어려우며 어떤 일을 해도 성공시키기 어렵다. 반면에 즐겁고 희망적이며 긍정적인 마음으로 신선한 공기를 마시면 몸과 마음이 상쾌해지는 변화를 느낄 수 있다.

그러한 마음으로 즐겁게 일을 한다면 결국 그 일이 현실에서 이루어질 수 있는 것처럼, 건강한 몸과 마음을 가지기 위해서는 그렇게 하고자 노력하는 마음이 필요하다. 따라서 이완을 잘하기 위해서는 "긴장을 이완하여 통증을 낮게 하겠다"는 밝고 희망찬 긍정적인 신神의 작용이 필요하다.

무의식과 심신의학에 관한 담론들

심리학자 융이 이야기하는 의식 구조

표면의식 ; 깨어 있을 때 우리 생각의 주체가 되는 의식

개인무의식 ; 태어나는 순간부터 지금까지 살아오면서 보고 듣고, 느끼고, 생각하고, 경험했던 모든 것들이 저장된 기억의 창고와 같은 의식

집합무의식 ; 우리가 단세포로부터 진화하면서 경험했던 모든 것

들이 저장된 기억의 창고와 같은 의식. 그런데 이 집합무의식은 그냥 모든 기억이 저장된 잡동사니만 있는 것이 아니라 대부분은 '초월의식'으로 구성되어 있고 '전지전능'이 그 기능이며 사랑과 자비가 그 본색이다. 세계의 현인들은 육체와 개인무의식을 합친 '나'라는 것은 '가짜 나'이며 '진짜 나'는 '집합무의식'이며, 이 '진짜 나'는 시대적 문화적 종교적 차이 때문에 여러 이름으로 불리고 있다고 한다. 절대 신성, 궁극의 나, 신神, 참 자기, 공空 등이 그것이다.

무의식의 감정은 인간의 육신에 기억된다

존 사노는 그의 저서『통증 혁명』에서 인간의 무의식과 통증에 대해 '인간의 희로애락의 모든 기운은 인체의 오장육부와 근육과 신경, 혈관 등 모든 세포에 저장된다고 이야기하기도 하는데, 이제 이 둘을 연결시켜 이해를 해본다면, '억압된 정서의 흔적은 무의식에서 남게 되지만, 결국 인체 세포 어딘가에 뭉쳐져 있다'고 볼 수 있다. 그렇기 때문에 TMS에서 말한 '심리치료를 통해 억압된 정서가 가라앉으면 통증이 치료가 된다'고 이야기하는 부분은 결국 억압된 정서가 신체 어딘가에 뭉쳐져 있기 때문으로 볼 수 있다. 마찬가지로 뭉쳐져 있는 곳을 이완시켜준다는 것은 결국 그곳과 연결된 억압된 정서도 함께 해결되어질 수 있다는 것을 의미한다.'고 말하면서 통증에 있어서 심리치료의 중요성을 강조하고 있다.

양자학 - 확장된 마음

어항이 하나 있고, 이 어항을 우주라고 가정한다면, 뉴턴물리학에서는 이 어항을 텅 비어 있는 것으로 생각했지만, 양자물리학에서는 말로 표현하기는 어려운 '무언가'로 꽉 차 있는 공간이라고 보았다. 이 '무언가'를 물리학자 막스 플랑크는 '영점에너지'라 하였고, 물리학자 데이비드 봄은 '초양자포텐셜'이라 하였고, 심리학자 융은 '집합무의식'이라 하였으며, 생물학자 루퍼트 셀드레이크는 '확장된 마음'이라고 하였다.

어항에는 태초부터 물로 꽉 차 있고, 눈에 보이진 않지만 그 물은 항상 요동을 치고 있었고, 그 결과로 이 물로부터 눈에 보이지 않는 어떤 존재가 생기기 시작했고, 그 결과 우주가 생겨났다. 그 속에 존재하는 '나'는 그 물에서 비롯된 것이며, '너'도 그러하고 '우리'도 그러하니 결국 모두 동일한 부모로부터 나온 존재이다.

이렇게 너와 나의 근본이 같기에 그 근본을 매개로 하면 너와 나 사이에 정보가 전달될 수 있으니, 결국 같은 근본을 두고 있는 우주의 모든 만물과도 정보 교환이 가능하다.

양자학 - 데이비드 봄Bohm

"데이비드 봄의 양자이론은 '존재하는 모든 것은 그 크기에 관계없이 항상 입자와 파동의 이중성으로 되어 있으며, 입자와 파동은 비록 양면과 같은 구조를 하고 있지만 실상은 다른 차원의 공간에 존재한다'고 하였다.

또한 '초양자포텐셜(영점장)'이라 하여 이것은 우주 공간을 채우고 있는 활성정보로부터 기원하며, 우주의 진공을 채우고 있는 가장 첫 번째 요인이 바로 이 '활성정보'라고 하였다. 그리고 이 '활성정보'는 '자기조직화' 또는 '초월의식'이라고 부르기도 하는데, 이것은 입자들을 가속시켜 가상입자를 만든다. 결국 초양자포텐셜은 이것이 요동치고 있는 공간을 말한다. 한편 우주에 존재하는 물질적이든 비물질적이든 항상 활성정보를 내장하고 있다고 한다.

봄은 마음을 하나의 실체로 보았고 물질과 마찬가지로 우주의 가장 원초적인 재료인 '활성정보(초월의식)'에서 기원하는 것이라고 하였다. 그래서 '활성정보'에서 출발하여 융 심리학에서 말하는 '집합무의식(집단무의식), 개인무의식, 표면의식'으로 분화가 되었다고 설명하였다.

봄은 마음이 비물질이지만 실체적 존재이며 인간은 몸과 마음이 합쳐진 이중 구조로 되어 있으며, 이때 마음은 뇌에 위치하는 것이 아니라 몸보다 다소 큰 크기의 공간을 차지하며 몸을 둘러싸고 있으면서 동시에 몸을 관통하고 있다고 하였다. 또한 인체를 구성하는 모든 분자 세포 조직 장부 개체 등 모든 구성조직들은 각각의 장場이 존재하며 이들의 모든 파동장場은 마음을 비롯하여 하나로 연결되어 있고 파동간의 공명에 의하여 정보교환이 가능하다고 하였다."

— 강길전, 홍달수의 『양자의학』 중에서

물리학자 카프라는 양자이론과 상대성이론을 합친 양자-전기역학의 이론에 입각하여 인체를 구성하는 소립자는 그에 상응하는 양자장을 가지고 있으며 이들 소립자들의 양자장은 우주의 양자장으로부터 끊임없이 에너지를 공급받는다고 하였다. 따라서 '정보-에너지의학'에서는 인체를 구성하는 소립자의 '정보-에너지장'은 우주의 양자장과 연결되어 있다고 생각한다.

이것은 '미국 의과대학 교수 카밧진', 커즌스의 불치병은 없다, 자연치료학의시 와일, 퍼거슨의 의식혁명 등에서 자연 치유력이 있음을 증명하였고, 이것은 정보-에너지장이 존재하기 때문에 가능하다는 설명이다.

또한 '정보-에너지의학'에서는 육체 속에 내포되어 있는 '정보-에너지장'은 하나로 연결되어 있다고 생각한다. 즉 '정보-에너지의학'에서는 육체를 구성하는 분자, 세포, 조직 및 장기는 고유의 '정보-에너지장'을 가지고 있으며 이들 '정보-에너지장'은 하나로 연결되어 있다고 생각한다.

양자의학

강길전과 홍달수의 공동저서 『양자의학』에서는 '양자의학은 '몸과 마음의 연결'을 매우 중요하게 생각하며 육체 외의 양자파동장 차원과 마음 차원의 질병의 원인 진단 및 치료를 이야기한다. 또한 양자학에서의 초양자포텐셜을 융의 집합무의식과 연결시켜, 우주 공간은 빈 것이 아니라 초양자포텐셜의 바탕이 되는 '활성정보'의 파동으로 가득 차 있으며, 물질과 정신, 몸과 마음은 서로 다르게 존재하지만 연결되어 있다고 본다. 따라서 질병도 물질 부분만 봐서는 안 되며 정신과 마음을 동시에 보는 전일全一적 관점이 필요하며, 삼라만상을 하나로 연결하는 '마음의 확장'을 통해 치유할 수 있다고 말하고 있다.'고 하면서, 정신과 마음과 몸이 '서로 다르게 존재하지만 연결되어' 있다고 설명하고 있다.

심신의학

네이버 백과사전에서는 심신의학을 '동양에서는 오랜 옛날부터 존재한 개념으로 볼 수 있으나, 현대에 들어와서는 1918년 독일의 하인로트Heinroth에 의하여 처음으로 제창되었고 미국에서는 1930년대에 학문적 체계를 갖추게 되었다. 초기에는 주로 신경증이나 히스테리와 같은 질병을 주요 대상으로 하였으나 점차 정신적 원인이 육체적 질환도 일으킬 수 있다는 개념으로 확대되었다. 1946년

캐나다의 내분비학자 한스 세일레는 스트레스가 질병을 일으키는 중요한 인자라고 발표하여 이 이론을 발전시켰으며, 현대적인 대체 의학으로서는 미국의 초프라웰빙센터 소장 사이몬이 처음으로 정립하였다. 사이몬은 초프라의 인체양자역학이론에 근거하여 새로운 학문으로 정립하였는데, 여기에서 인체양자역학이론이란 세포를 세분해 양자의 크기가 되면 정신과 육체는 일체화된 하나의 에너지와 정보 흐름에 의해 지배되며, 이 흐름의 조정과 평형으로 질병을 치료하고 노화를 방지할 수 있다는 이론이다. 최근에는 전인의학全人醫學 혹은 양자의학量子醫學으로까지 발전되고 있다.'고 설명하고 있다.

심인성 통증心因性疼痛, psychogenetischer Schmerz

기질적으로는 특별히 문제가 없는데 통증을 호소할 때 통칭하는 표현으로서, 원인을 심리적인 조건으로 보고 있다. 이런 통증들은 기질적인 통증에 비해 통증의 표현에서 독특한 표현 방법이 있다. 통증 이외에도 위장장애나 마비, 잦은 피로감, 수면장애 등을 수반하기도 한다. 치료하려면 먼저 기질적 장애 유무를 따지는 동시에 심리적인 원인을 찾아낼 필요가 있다. 정신요법이나 약물요법으로 대처한다.

제3장

깊은 이완, 정기신 통합치료

> 멈춰 서서 가만히 앉아 있어야 할 때가 있다. 가만히 귀를 기울이면 완전히 다른 세계의 바람이 속삭이기 시작한다.
>
> — 제임스 캐롤

치료의 시작, 이완

모든 질병의 치료와 관리에는 이완이 필요하다. 이유는 간단하다. 긴장 즉 교감신경의 항진이 지속하면 건강이 나빠지고 질병이 유발하기 때문이다. 많은 스트레스성 질환과 긴장성 질환뿐만 아니라 스트레스와 관련이 없어 보이는 다양한 증상과 질환들조차도 교감신경의 과항진과 관련이 있다고 볼 수 있으므로, 현대인들의 건강과 질병을 치료하고 관리하기 위해서는 반드시 이완이 필요하다.

이완으로 긴장이 해소되면 몸과 마음 그리고 정신적인 부분까지 모두 편안해지고 순환과 안정, 회복과 치유에도 도움이 될 수 있으므로 이완이야말로 건강의 시작이자 질병 치료의 시작이다. 하지만 이완이 충분치 않으면 원하는 효과를 얻을 수 없다. 적당한 이완이 아닌, 충분히 깊은 이완을 하여야 한다.

한편 스트레스를 받게 되면 몸은 에너지를 사용하여 방어하게 된다. 이때 영양분과 함께 인체를 구성하고 있는 일부 조직들은 상황에 따라 적절하게 사용할 수 있다. 그러므로 스트레스 이후에 인체가 다시 정상적으로 되돌아가기 위해서는 손실 및 손상 부분들이 다시 회복돼야 가능하다. 즉 결국 사용한 만큼 채워야 한다. 따라서 어쩌면 치료라는 것은 부족해지고 파괴된 에너지와 물질들을 다시 채우고 보충 보강해주는 과정이라고 볼 수 있다.

다시 말하면 교감신경은 에너지의 소비를 일으키고, 반대로 부교감신경에서 그것을 회복시켜준다고 할 때 만약 교감신경이 가볍고 심각하지 않게 항진되어 있다면, 금방 회복이 되면서 육체적, 심리적, 정신적 부담도 크게 없다. 하지만 지속적, 반복적, 폭발적으로 항진되어 있다면 금방 회복되지 않을 수 있다.

만약 이미 그러한 상태가 되었다면 적절한 이유가 없는 한 원래대로 회복되는 것 또한 쉽지는 않다. 그 이유는 이미 에너지가 소비되었고, 몸 마음 정신에서 긴장이 생겼으며, 순환장애가 생겼기 때문이다. 예를 들어 과로를 했다면 최소한 그만큼의 휴식과 안정을 통해 소비된 에너지를 보충할 필요가 있다.

이처럼 회복과 안정을 위해서는 스트레스로 인하여 사용된 에너지의 보충과 함께 그로 인하여 손상된 몸과 마음 그리고 정신적인 긴장 그리고 불균형과 부조화를 다시 정상으로 되돌려줄 힘이 필요하다. 그리고 이때 이완을 통하면 소비된 에너지의 보충과 불균형과 부조화를 회복과 치유로 이끌어 갈 수 있기 때문에, 이완은 시작이자 중심이라 할 수 있다.

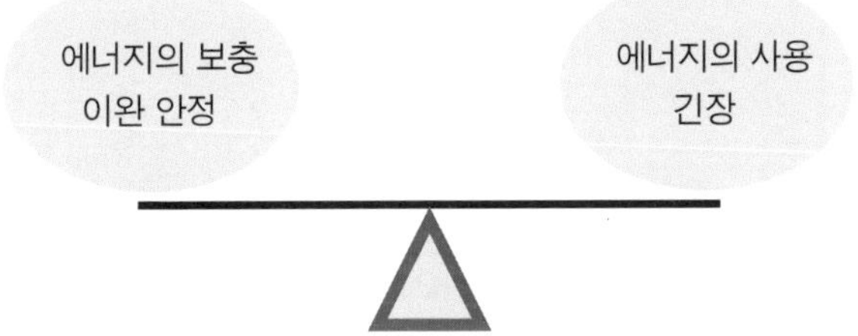

조화와 균형

따라서 이완을 통해 이러한 흐름을 만들어갈 수 있는 실질적인 실천 방안을 고민해 보아야 한다. 그 방법에 대하여 나는 이 책에서 '정기신 이완요법'에 대해 말하고자 한다. 이 요법은 정기신의 통합을 통하여 깊은 이완에 이르도록 하여, 긴장된 정기신을 이완을 통해 치유하고자 하는 방법으로 아직은 충분하지 않고 부족한 방법이겠지만 누구라도 그 이치를 잘 이해하고 열심히 실천해본다면 긴장에서 벗어나 질병을 극복하고 건강을 찾아가는 데 조금이나마 도움이 될 수 있을 것으로 기대한다.

왜 정기신精氣神 통합이 답인가

"정기신을 간단하게 말하자면 '정精'은 우리 몸을 이루는 모든 물질이며, 이 정精에는 선천적으로 부모로부터 받은 정精이 있고 후천적으로 음식을 먹어 보충해가는 생장의 정精이 있다. 기氣는 정精이 역할에 따라 나뉘어 작용함으로써 나타내는 기능을 말하는데, 정이 눈으로 가서 작용하게 되면 눈으로 볼 수 있고, 귀로 가면 들을 수 있고, 손으로 가면 손으로 잡을 수 있고, 다리로 가면 다리로 걸을 수 있는 것은 모두 기氣의 작용이다. 신神은 그런 기의 작용을 통해 드러나는 모든 생명력의 표현이다.

정은 몸의 근본이다. 이러한 정이 각 부분으로 나뉘어 작용해서 나타나는 것이 기氣이며, 기가 작용해서 나타나는 것이 신神이므로 기는 신의 주인이 된다. 그리고 몸은 정을 담고 있을 뿐만 아니라 정에서 나온 기에 의해 드러나는 신이 머무는 곳이므로 몸은 신의 집이 된다精者身之本 氣者神之主 形者神之宅也. 간단히 말하자면 정에서 기가 나오고, 기에서 신이 나오고 이 모든 것이 머무는 곳이 몸이다. 몸은 정기신의 집이 된다."

— 박석준의 『동의보감, 과학을 논하다』 중에서

■ 정기신 통합의 중요성

정기신精氣神 통합은 육체, 감정, 정신의 기운이 하나로 연결된 상태라고 할 수 있다. 즉 정기신 각각의 기운들이 상호 연결되어 새로운 하나의 기운으로 만들어진 상태라고 설명할 수 있는데, 이것은 마치 '정신통일'이 된 상태와 비슷하며, 불가와 도가의 '심신합일心身合一', '선정禪定', '입정삼매入定三昧' 등의 의미와도 상통한다고 말할 수 있다.

즉, 정기신이 통합되면 하나의 크고 깊고 넓고 충만하고 증폭된 기운 즉 에너지 상태로 될 수 있으므로, 만약 그러한 힘을 이완에 활용한다면 이완, 안정, 회복에 많은 도움이 될 수 있다. 따라서 정기신의 통합은 서로 분리된 개념이 하나의 통합적 개념으로 변화 발전한 것이다.

이렇게 정기신은 각각 존재하지만 따로 분리된 것이 아니라 하나의 통합된 에너지 상태로 될 수 있다. 그리고 이것은 몸과 마음 그리고 정신이 하나의 기운으로 서로 통합되고 융합된다는 의미이며, 심신합일心身合一, 입정삼매入定三昧 등으로 설명할 수 있다. 이는 칼 융이 말하는 집합무의식 그리고 양자의학에서 이야기하는 초양자포텐셜superquantum potential, 나와 너의 경계가 없는 우주의 무한한 에너지와도 연결된다고 할 수 있다. 그러므로 정기신의 통합을 통하여 이완하는 방법인 정기신 이완요법은 이러한 개념들을 현실적으로 적용하여 실천하고 있다고 할 수 있다.

다시 말하면 정기신 이완요법은 우주의 무한 에너지와의 연결을 통한, 그리고 집단무의식, 초양자포텐셜 등의 영역과의 소통을 통한 증폭된 힘을 사용하는 이완 방법으로 몸과 마음 그리고 정신을 다 같이 이완, 안정, 회복시킬 방법이라고 설명할 수 있다. 그러므로 이완이 깊어질수록 에너지가 커지면서 안정, 치유, 회복 등의 작용이 더 강해진다고 할 수 있다.

한편 정기신의 통합된 상태는 깊은 이완 상태를 말하는 것으로서 이때는 우주 공간으로부터 충만한 에너지를 받을 수 있으므로 치유와 회복의 작용이 잘 일어날 수 있다. 물론 잠을 자는 것도 이 영역으로 들어갈 수 있다고 말할 수도 있겠지만 일반적으로 그렇게 되는 건 쉬운 일은 아니며, 심지어는 명상이나 호흡 수련을 할 수 있는 사람들조차도 그러할 것으로 본다. 따라서 적절한 방법을 통해서 이 영역으로 들어갈 수 있다면 치료와 회복에 있어서 좋은 계기가 될 수 있다.

■ 인간이란 존재의 에너지와 순환

인간은 하나의 빛의 존재로서 각종 빛이자 에너지의 덩어리인 음식을 먹고 우주의 에너지를 호흡하면서 대부분은 좋은 생각, 좋은 감정, 좋은 생활로 그 에너지를 채우고 성장 발전시키게 된다. 하지만 때로는 부적절한 음식과 생활이나 불필요한 오욕칠정의 폭발과 과도한 정신 소모로 그 빛이 어두워지고 에너지가 약해진다.

그러면서 육체와 감정 그리고 정신의 순환과 흐름이 막히거나 정상적인 상태를 벗어나 심신의 고통과 긴장, 불안, 두려움, 자책, 우울 등의 상황으로 이어지기도 하는 것이다. 결국 몸을 어떻게 사용하고 생각과 감정이 어떤가에 따라 밝고 충만한 에너지 상태인지 아닌지가 형성되는 것이므로, 항상 자신의 기운들을 밝고 맑고 부드럽고 편안하며 원활하게 해주는 것이야말로 치료와 관리에 있어서 매우 중요한 흐름이라 할 수 있을 것이다.

정기신 이완요법의 원리

정기신 이완요법은 스트레스로 인한 몸, 마음, 정신의 긴장을 풀어주는 동시에 그로 인한 통증과 염증을 비롯한 다양한 증상과 질병들을 해결하려는 방법으로, 몸 마음 정신을 통합시켜 이완하는 방법이라 말할 수 있다. 이때 정기신의 통합이라 함은 정(몸)의 에너지와 기(마음)의 에너지 그리고 신(정신)의 에너지를 하나로 통합한다는 의미이다.

이 세 가지의 통합을 통하여 만들어지는 증폭된 에너지를 더욱 효과적이고 효율적이며 안정적으로 활용하고자 하는 것이 이완요법 치료의 목표이다. 다시 말하면 정기신 이완요법은 정기신 통합을 통하여 '이완'의 힘을 증폭시킴으로써 평소에 해결이 쉽지 않은 긴장으로 형성된 여러 증상과 질병뿐만 아니라, 원인인 긴장도 함께 치료하고자 하는 방법이다.

정기신 이완요법이 효과적이고 효율적으로 치료되려면 우선 충분히 이완되어야 한다. 예를 들어 충분한 수면을 통해 이완할 수도 있고, 따뜻한 목욕이나 깊은 심호흡, 또한 친한 친구와의 고민 상담 등 다양한 방법을 통해서도 어느 정도의 이완은 할 수 있다. 그러나 이러한 방법으로는 긴장으로 인한 다양한 통증과 염증, 육장육부와 신체 조직의 불균형과 부조화, 불안정 등의 안정과 치료에는 그 힘이 다소 부족하다. 물론 경우에 따라선 약물과 상담 등 다양한 방법을 통하여 치료와 도움을 받고 있을 수도 있지만, 적어도 지금까지는 그런 방법으로는 충분하게 이완, 안정, 회복에 이르게 했다고 말하긴 어렵다.

그러므로 사람들은 더욱 확실한 이완 방법을 찾게 된다. 그리하여 만약 그러한 방법이 있다면 현재 어떤 치료를 받고 있다 하더라도 더욱 효과적이고 원활하며 안정적으로 증상과 질병의 치료 및 관리에 도움이 될 수 있을 것으로 본다.

이완이 자율신경을 안정시켜 육체적인 긴장 완화, 순환 촉진, 면역 증가, 체력 강화뿐만 아니라 심리와 정신에서의 안정과 회복, 치유와 조화로 나아갈 수 있는 중요한 부분이라는 것은 의심할 여지가 없다. 그리고 그 이완의 힘이 크면 클수록 효과도 커지게 될 것이라는 것 또한 분명하다.

정기신 이완요법은 이완의 힘을 더욱 강하고 효과적이며 효율적으로 만들고자 시도되는 방법으로, 그 힘은 정기신의 통합을 통하여 만들어지게 된다. 따라서 정기신을 통합시켜 이완하게 되면 이완의 힘은 커지게 되고, 그렇게 되면 긴장과 긴장으로 인한 다양한 증상과 질환들의 치료와 관리가 더욱 효과적이며 안정적으로 될 수 있을 것으로 본다.

다시 말하면 정기신은 서로 다른 존재로 각각의 빛과 힘과 가치를 가지고 있지만, 하나의 빛에서 나왔기 때문에 서로 분리되어 있다고 말할 수는 없다. 따라서 이 세 에너지를 하나로 통합시켜 하나의 확장 증폭된 에너지로 만들어 이것을 이완의 힘으로 사용할 수 있다면 심신의 긴장을 치료하는 데에 많은 도움이 될 수 있을 것이다.

따라서 만약 정기신의 변화를 주고 싶다면 정精인 몸과 기氣인 마음, 그리고 신神인 정신 중 그 어느 한 부분이라도 변화를 주면 된다. 그러면 나머지 부분에서도 자연스럽게 변화가 일어나게 된다.

왜냐하면, 하나는 전체 속에서 한 부분으로 존재하므로, 하나가 변화하면 전체도 역시 영향을 받을 수 있기 때문이다. 그러므로 마음이 답답할 때 달리기 등의 육체적인 운동이 좋은 방법이 될 수 있는 이유는 정기신이 서로 연결되어 상호 영향을 줄 수 있기 때문이다. 그러므로 만약 심리적인 스트레스로 긴장이 되어 이완이 필요하다면 심리적인 부분만을 다스리지 말고 육체적 또는 정신적인 이완을 통해서도 심리적인 부분을 이완시킬 수 있다.

■ 정기신 통합이 필요한 이유

1. 이완의 힘이 강해진다

현대는 긴장의 시대로 이완이 필요하지만, 문제는 이완이 쉽지 않으며 이완의 힘도 부족하다. 따라서 이완의 힘을 강하게 할 수 있어야만 스트레스로 인하여 형성된 긴장 상태를 더 효과적으로 해결해줄 수 있다. 그렇게 되어야만 더 깊은 회복과 치유가 이루어질 수 있다.

다시 말하면 이완이 교감신경을 안정시킬 수 있는 중요한 방법의 하나지만, 지금 우리가 알고 있는 이완의 방법으로는 만성적이고 복합적이며 다양한 심신의 긴장과 그로 인한 다양한 증상들을 해결하기엔 다소 한계가 있을 것으로 본다. 따라서 더 강하고 힘이 있는 이완을 통해서 풀어내어야 하는데 그것을 가능하게 하려면 정기신을 통합시켜 증폭된 이완의 힘을 일으켜야 할 것이다.

2. 심신의 깊은 안정을 준다

정기신의 통합은 몸과 마음 그리고 정신이 하나로 연결되는 것을 의미하는 것이며, 이는 정신통일, 심신일여心身一如 등의 의미가 있으며 우아일체宇我一體, 무아지경無我之境 등과 통한다고 할 수 있다. 이 말은 결국 정기신이 통합된 상태는 심신이 깊이 안정된 상태로 충만하게 이완된 상태라 볼 수 있으며, 그렇게 되어야만 긴장 상태를 더욱 빠르고 안정적이며 효과적으로 해소할 수 있다.

3. 정기신력을 회복시켜 준다

'정기신력'이라 함은 몸과 마음 그리고 정신적인 힘을 말하는 것으로 이들 기능의 회복이 필요하다. 정기신의 통합을 통한 심신의 안정은 자율신경계의 안정을 의미하며, 뇌파의 안정, 심리적 정신적인 안정과 함께, 결국 면역력과 치유력, 생명력을 끌어올릴 수 있다. 이는 곧 정기신의 조화와 안정을 의미하는 동시에 회복을 뜻한다. 따라서 정기신 이완요법은 스트레스로 인하여 약화되고 허약해진 정기신력의 회복에도 매우 중요한 방법이 될 수 있다.

■ 양자의학적인 관점에서 본 정기신

현대에 들어서면서 전인의학, 양자의학, 심신의학 등 육체적 조절과 마음의 문제를 함께 해결하고 치료하고자 하는 시도가 많이 나타나고 있는데, 그 가운데 양자의학의 경우 이러한 치료 부분을 양자학적 관점에서 해석하고 설명하고 있다. 즉, 양자의학에서는 명상이나 호흡을 하였을 때 그렇지 않은 경우보다 치유 작용이 더 강하게 나타나게 되는 이유를 '에너지장'의 개념으로 설명하고 있다.

양자의학量子醫學에서는 '집단무의식'의 영역은 모든 사람의 가장 심층부의 영역으로 여기에는 무한한 에너지 즉. 무한하고 충만한 치유의 에너지가 있으며 전지전능한 능력을 갖추는데, 누구라도 그 '장'으로 들어갈 수 있다고 설명한다. 특히 이 양자의학의 가장 중요한 개념은 사람은 몸과 마음으로 구성되어 있으며 이 몸과 마음이 긴밀히 연결되어 있다고 생각하는 점이다.

그래서 사람이 병에 걸리는 것은 몸의 이상으로 병이 생기기도 하고, 마음의 이상으로 병이 생기기도 하는데, 몸과 마음이 연결되어 있으므로 몸의 이상은 몸에만 국한되지 않고 정신적인 질환을 일으킬 수 있고, 반대로 마음의 이상 역시 몸에 영향을 주어 육체적인 질병을 일으킬 수 있다고 말하고 있다. 이처럼 양자의학은 인간의 마음을 중요하게 다루고 있다. 그러므로 양자의학은 인간의 마음을 이용하여 질병을 예방할 수도 있고 나아가 병에 걸리면 자신의 마음을 이용하여 질병을 치료할 수 있다고 이야기 하고 있다.

■ 인간은 빛의 존재이자 에너지 덩어리

원자는 물질을 이루는 가장 작은 입자로 원자핵과 전자로 구성되어 있다. 그런데 이 작은 원자는 평범한 눈으로는 볼 수 없지만 엄청난 에너지를 품고 있는 존재라는 것을 생각할 필요가 있다. 즉 에너지가 응축된 빛의 덩어리라고 볼 수 있다는 것이다.

실제로 핵폭탄은 그것이 융합 혹 분열될 때의 엄청난 폭발 즉 에너지를 응용한 것으로, 결국 원자핵 내부에는 엄청난 에너지가 응축되어 있다고 볼 수 있다. 그러므로 이 지극히 작은 물질뿐만 아니라 그러한 물질들을 기초로 구성된 인간 역시도 사실은 엄청난 에너지가 응축된 존재라고 볼 수도 있다는 것이다. 그리고 또 한 가지 중요한 사실은 우리가 눈으로 보고 있는 물질들은 실질적으로는 비어 있는 공간이라고 말할 수 있다는 것이다.

즉 물질이라는 것은 실상은 거의 빈 공간이며 그 공간에는 유형적인 물체가 아닌 응축된 에너지로 구성된 것이다. 이것은 원자의 구조를 보면 쉽게 이해가 될 수도 있는데, 즉 원자는 원자핵 주위에 전자가 타원형으로 마치 태양 주위를 지구가 돌고 있는 것처럼 어떤 힘으로 회전하고 있는 구조이다. 그런데 지구와 태양 그 자체는 태양계 전체에서 본다면 그 크기가 작다고 볼 수 있는 것으로, 이것을 원자와 비교해본다면 원자핵과 전자 역시 비슷한 상황으로 볼 수 있을 것이다.

실제로 원자의 크기를 축구장과 축구공으로 비유해서 설명한다면, 원자를 축구장이라 한다면, 원자핵은 축구공 정도의 크기(원자핵의 크기는 원자의 1/10000 정도)라 할 수 있고, 이때 전자는 작은 구슬 정도의 크기(전자는 원자핵의 약 1/1000 정도의 크기)에 불과할 것이다. 그런데 만약 바깥에서 축구장을 본다고 가정할 때, 원자라고 할 수 있는 축구장이 보이는 것으로, 실질적인 '물질'이라 할 수 있는 원자핵은 축구공 크기 정도에 불과하여 거의 보이지 않는다. 그 나머지도 거의 무형의 공간인 것이다.

그런데 이 빈 공간을 우리가 아무것도 없다고 느끼지 않고 어떤 존재가 있는 것처럼 느끼는 것은 뭔가가 있기 때문이며, 그것을 '에너지장'으로 설명할 수 있다. 마치 은하계를 밖에서 보면 하나의 거대한 빛 덩어리로 보이는 것처럼 결국 엄청난 힘의 에너지장에 의하여 빈 공간이 채워져 있다는 것이며, 이것을 우리는 물질로 인식하고 있는 것이다. 참고로 원자핵의 구성도 유형이라 할 수 있는 양성자와 중성자 그리고 중간자 등이 있고 그 나머지 공간은 무형의 빈 공간으로 알려져 있다.

이렇게 아주 작은 물질도 이러하듯이, 이러한 물질들로 구성된 인체라는 존재도 역시 마찬가지일 것이다. 즉 실질적인 부분은 극히 작아 드러나지 않는다 할 수 있지만, 하나의 '유형적인 존재'로써 인식하고 있는 것이니, 결국 모든 존재는 에너지 즉 빛으로 가득 차 있는 빈 공간이라고 해도 틀린 말은 아닐 것이다.

따라서 '인체를 빛의 덩어리, 에너지 덩어리'라 말하는 것은 당연하다 할 수 있으며, 인체 안의 모든 것, 즉 육장육부며 뼈 근육 피 신경 이 모든 것은 역시 다 빛이라 할 수 있으니, 결국 이 모든 것들은 빛의 존재로서 서로 다 이어져 있는 것이니, 몸과 마음 그리고 정신이 서로 연결되어 하나의 큰 빛의 에너지로 존재한다고 말하는 것은 지극히 자명한 말이라 할 수 있다.

각 개인의 에너지장

덧붙여 말하자면 한 개인이 그러하듯 인류 전체도 역시 그러하며 모든 존재 역시 그러할 것이다. 즉 모든 것은 빛으로 되어 있다고 볼 수 있는 것이니, 결국 하나의 거대한 에너지장에 연결되어 있다고 설명될 수 있을 것이다.

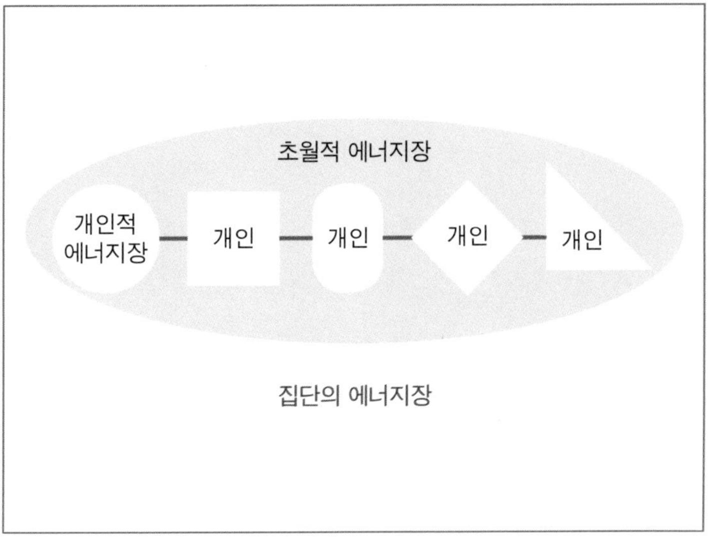
초월적 에너지장
개인적
에너지장
개인
개인
개인
개인
집단의 에너지장

이완, 정精

이완의 방법은 정기신精氣神 세 부분으로 구분하여 설명하였다. 그리고 누구라도 쉽게 알고 있는 일반적인 부분을 가지고 설명하려고 하였으니, 잘 이해하고 활용하여 응용해본다면 이완과 안정에 조금이라도 도움이 될 수 있을 것으로 본다.

■ **정精, 육체적 부분**

육체적 이완을 통하여 정기신의 안정과 회복을 목표로 한다. 이완을 잘하려면 우선 육체가 편안해야 한다. 따라서 육체적 이완을 통해 현재 자신이 '고통'을 받는 상태, 균형이 깨어져 있는 상태, 심신이 불편한 상태를 편안하게 이완 안정 회복시켜 줄 수 있다.

이완을 할 때는 육체의 이완에 집중하는 것만으로도 충분한 효과가 있다. 그 이유는 우리의 몸과 마음 그리고 정신이 하나로 서로 연결되어 있으므로, 몸을 치료하면 마음도 정신도 다 같이 치유될 수 있기 때문이다. 즉 전체가 치료될 수 있다. 이렇게 정기신은 항상 연결되어 있으므로 그 중에 하나만을 치료하여도 충분하다 할 수 있으니, 이러한 의미를 이해하고 치료한다면 더 좋은 이완 치료가 될 수 있을 것으로 생각된다.

한편 이완 치료를 할 때 육체에 집중하는 것은 더욱 많은 장점이 있을 수 있다. 우선 치료 과정을 인식할 때 감정과 정신적인 부분보다 좀 더 분명하고 객관적이라 할 수 있으며, 치료 과정에서 발생하는 변화의 다양성도 상대적으로 더 적다고 할 수 있다.

즉 치료할 때 육체적인 부분을 중심으로 변화를 확인하고, 평가하는 것이 감정과 정신적인 부분보다 좀 더 효율적이라고 할 수 있다. 왜냐하면 마음이나 정신적인 부분은 '내 마음 나도 몰라'라는 이야기도 있듯이 자기 자신도 본인의 감정과 심리, 그리고 정신적인 상태를 잘 알기 힘들 수 있으며, 사소한 자극에도 변화가 많을 수 있고, 그리고 자신을 인정하고 이해하며 또 그것을 정확하게 밖으로 드러내어 표현한다는 것이 쉽지 않을 수도 있기 때문이다.

특히 치료해야 할 정도로 부조화 불균형 불안정한 상태라면 더욱 그러할 수 있다. 이러한 이유로 마음과 정신적인 부분보다는 몸의 치료에 집중하는 것이 좀 더 좋다. 그리고 그렇게 치료를 하여도 마음이나 정신적인 부분에 영향을 주어 결국 정기신 전체를 함께 치료하는 효과가 있으므로 육체만 치료하는 부분을 부족하다고 생각하지 않아도 된다. 육체적 고통이 안정되게 되면 불안했었던 감정, 생각 등도 같이 안정되고, 자신감도 생겨나는 등 몸의 치료를 통해 마음과 정신이 함께 치유되는 결과로 이어질 수 있기 때문이다.

그리고 치료 과정에서 육체적 증상이 개선되는 것을 알게 되면 자신이 회복되고 있다는 것을 어렵지 않게 인정할 수도 있을 것이고, 그러면 동시에 마음과 정신의 안정도 훨씬 빨라질 수 있을 것으로 본다. 반면에 마음과 정신은 그렇지 않은 경우가 많다.

즉 마음은 변화성이 많아서 하루에도 수차례 좋고 나쁨을 반복할 수도 있고, 증상의 파악에 모호한 부분이 많아서 얼마나 좋아지고 있는지 파악하기가 쉽지 않다. 또한 실제로 좋아져도 그렇게 생각하지 않을 수 있으며 심리적인 불안감, 스트레스로 등으로 인하여 자기 자신을 이해하고 인식하기가 어려울 수 있는 등 여러 부분에서 쉽고 정확하게 객관적으로 판단하는 것이 힘들 수 있다.

또 다른 장점은 육체적 증상들은 특별한 이유가 있거나 혹은 인위적으로 억제하거나 진정시킨 경우가 아니라면 일단 증상이 안정되면 쉽게 악화하거나 재발하는 경우가 그렇게 많지는 않다. 즉 육체적인 증상의 변화가 좀 더 안정적이라 할 수 있다. 그러므로 육체적인 증상들을 중심으로 치료하는 것이 더욱 쉬운 방법일 것으로 본다. 그리고 그렇게 하는 것이 치료자뿐만 아니라 환자도 좀 더 쉽고 편안하게 치료할 수 있을 것이다.

■ 혈액순환

인체에서는 입체적으로 대략 좌우상하 그리고 내외의 순환이 있다고 볼 수 있다. 즉 혈액을 보면 심장에서 팔다리까지 내외와 위아래로 흐르는 순환이 있고, 경락에서는 허리 둘레에 있는 대맥帶脈이라고 하여 허리를 한 바퀴를 돌며 회전하는 흐름이 있으며, 소주천小周天이라고 하여 인체 전후면의 가운데에서 상하로 도는 흐름도 있듯이, 내외 상하좌우의 여러 흐름이 있다고 볼 수 있다.

순환은 이러한 기와 혈의 흐름이 원활하면서도 정체되지 않게 움직이는 것으로 이완되어 긴장이 해소되면 순환도 개선될 수 있다. 즉 긴장하면 기혈 흐름이 문제가 생겨, 흐르는 힘이 약해지고 둔화하고 정체가 되는 등의 변화가 일어날 수 있으므로, 순환은 긴장된 정기신의 이완에 도움이 될 수 있을 것으로 본다.

이완이 잘 되기 위해서는 순환이 잘 이루어져야 하는데 이때 강한 자극을 통한 순환도 좋을 수 있겠지만, 부드럽고 자연스러운 방법이 좀 더 효과적일 것으로 본다. 즉 자극이 강할수록 그만큼의 충격과 그로 인한 후유증도 생길 수 있으니 그런 부분에서 주의가 필요하다. 그러나 무엇을 하던 각자의 상황에 맞게 적절하게 시도하는 것이 중요할 것으로, 때로는 부드럽고 조용하게 할 수도 있고 때로는 격렬하고 폭발적으로 할 수도 있다.

육체의 순환을 위해선 몸을 자주 움직여주는 게 좋다. 가벼운 산책도 좋고 유산소 운동도 좋다. 특히 유산소 운동 가운데 가벼운 조깅이나 등산 등을 통해 땀을 흘리게 되면 기혈순환에 많은 도움이 된다. 그리고 이 운동들은 육체적 건강뿐만 아니라 심리적 정신적 건강에도 많은 도움이 되는데, 그 이유는 정기신이 서로 연결되어 있기 때문이다. 다만 너무 강하게 움직이거나 과도한 체력단련은 간혹 오히려 피로를 증가시키고, 기혈순환을 방해하여 심신의 긴장을 유발하는 등 건강에 나쁜 영향을 줄 수도 있으므로 각자의 체질과 상태에 따라 주의하여 실천하는 것이 좋다.

조용한 명상이나 호흡 수련, 스트레칭, 요가 등이나, 목욕, 마사지, 산책 등의 방법도 좋고, 등산, 달리기, 축구, 댄스, 노래 등의 방법이나 여행도 활용해볼 수 있다. 중요한 것은 어떤 방법을 선택하던 움직임이 있으면 순환이 생기게 되고, 그러면 그만큼의 이완될 가능성이 크기 때문에 적절한 방법으로 순환시켜 나가면 된다.

다시 말하면 순환은 '고인 물은 썩는다'라는 말이 있듯이 정체되어 있던 기혈이 움직이는 것이며, 과거의 것이 나가고 새로운 것이 들어오는 것이다. 즉 순환은 신진대사가 이루어지는 것이며, 세포와 조직이 살아 숨 쉬며 건강해지고 있다는 것으로 질환을 치료하고 관리하는 데 있어서 필요한 부분이다.

■ **육체를 이완하는 방법**

1. 족탕

두한족열頭寒足熱 즉 발을 따뜻하게 하고 머리는 시원하게 하는 것이 건강에 도움이 된다고 하는 이유는, 발이 따뜻하면 하체 쪽으로 혈액순환이 활성화가 되면서 아랫배가 따뜻해지고 상대적으로 머리나 가슴 쪽으로 몰려 있는 혈액이 아래쪽으로 내려가게 되면서 머리가 맑아지고 가슴이 편안해지는 등 신체 전반적인 기혈순환에 도움이 될 수 있기 때문이다.

그러므로 만약 스트레스가 많아 기운이 머리나 가슴 쪽으로 올라가 불면, 불안, 긴장, 두통 등의 증상이 있는 경우라면 더욱더 두한족열의 흐름은 필요하다고 볼 수 있다. 그러므로 족탕은 이러한 경우에 매우 좋은 효과를 볼 수 있다. 그래서 평소 긴장으로 이완이 잘 안 되는 경우나, 아랫배가 차거나, 손발이 차가운 사람들에게는 꾸준한 족탕이 심신心身의 안정에 많은 도움을 줄 수 있다. 반신욕도 그러하다.

2. 충분한 수면

잠은 최고의 보약이다. 보통 하루에 7~8시간은 깊이 자는 것이 좋다고 하는데, 만약 잠을 자고 일어날 때 개운하게 일어날 수 있다면 그것이 최상일 것이다. 충분한 수면은 면역력을 좋게 하고 심리적 정신적 안정에도 많은 도움을 줄 수 있다.

그래서 평소 수면장애가 있는 사람들이 우울증, 신체 통증, 염증 등이 있을 확률이 높다고 하는 이유도 이러한 부분과 관련된다고 볼 수 있다. 특히 수면은 자율신경이 얼마나 안정되어 있는지를 판단할 때 큰 기준이 된다고 할 수도 있으니, 불안, 불면, 항진이 많은 사람일수록 면역력이 약해지고 자율신경의 불안정이 되어 있을 가능성이 높다고 볼 수 있다.

3. 신체 자극

이것은 외부의 자극을 통해 신체를 순환시키는 것으로 안마나 마사지 등의 신체를 두드리고 누르고 문질러주는 행위들인데, 범위를 넓혀본다면 족탕, 반신욕을 비롯한 소리, 냄새, 바람, 햇빛, 눈, 비 등 인체 오감을 활용하는 모든 행위가 모두 여기에 포함된다고 볼 수 있다.

이처럼 다양한 방법으로 신체를 자극할 수 있는데, 이때 되도록 전체적으로 골고루 자극하는 것이 효과적이다. 그리고 국소적으로 하더라도 전신의 기혈을 순환시켜주는 방법으로 하는 것이 좋은데, 예를 들어 기운이 얼굴이나 머리 쪽으로 많이 올라와 있어서 두통이나 상열감 등이 있다면 신체의 아랫부분인 하복부와 허리 종아리 그리고 발 부위를 자극하면 좀 더 효과적이다. 그래서 반신욕이나 족탕이 전신 순환에 도움이 되는 방법이라고 말한다.

4. 음식 관리

막히면 순환이 잘 안 되고 긴장되며, 통증과 염증이 생기며 조직 이상이 발생한다. 그래서 만약 식이 관리의 소홀로 일차적으로 소화나 배설 쪽으로 문제가 생기면 신체 전반적인 순환에 문제가 생길 가능성이 높다. 그래서 평소 소화에 부담이 적고, 농약, 방부제, 식품첨가물 등이 최소화된 음식물을 섭취하며, 기름진 음식, 인스턴트 음식은 되도록 피하고, 야식 폭식 과식을 하지 않으며, 차가운 음식의 섭취도 주의하면서 위장과 대장의 관리를 잘 해주는 것이 필요하다.

다시 말하면 스트레스와 음식 및 식습관의 문제로 인한 위장을 비롯한 소장, 대장, 췌장, 간, 담 등의 정체와 부패는 일차적으로 장내 염증과 독소, 숙변과 어혈의 증가 등 여러 문제를 일으킬 수 있으니, 이것을 적절하게 잘 관리하는 것은 인체의 심신 순환을 위해서 매우 중요한 부분이라 할 수 있다.

5. 휴식과 안정

휴식과 안정은 곧 이완을 의미한다. 다시 말하면 신체를 휴식과 안정으로 유도하면 이완 상태로 만들 수 있다는 것이다. 즉 마음과 정신적인 부분에서의 휴식과 안정도 중요하지만, 직접적이고 실질적인 육체적인 부분을 중심으로 이완을 이끌어 가는 것이 훨씬 효율적이다.

6. 부교감의 활성화

부교감신경은 이완신경이자 회복신경으로 자율신경계에서 교감신경과 길항적 관계로 교감신경의 항진을 조절하여 인체 항상성을 유지할 수 있다. 따라서 이것을 잘 이해한다면 교감신경의 항진으로 발생하는 육체적 심리적 정신적 문제를 억제 조절 완화하는 데 있어서 좀 더 효율적이고 창의적이며 효과적인 방법을 찾을 수 있을 것으로 본다.

즉, 교감신경의 항진은 긴장 상태를 의미하는 것으로 심리적 정신적 긴장 이외에 육체적 긴장으로 인하여 발생하는 염증 통증 순환장애 조직 파괴 등도 이와 관련된다고 볼 수 있다. 따라서 이러한 긴장 상태를 해결하기 위해서는 반드시 자율신경계에서의 교감신경과 상대적인 부교감신경이 활성화가 되어야 가능하다.

그렇게 되면 교감신경의 항진으로 인하여 발생한 몸과 마음 그리고 정신적 부조화와 불균형, 그리고 불안정으로 인한 긴장과 정체, 통증과 염증 등의 이완, 순환, 안정, 회복에 도움이 될 수 있으며, 자율신경계의 안정에도 긍정적인 영향을 줄 수 있다.

다시 말하면 교감신경의 항진을 안정시키고자 한다면 부교감신경을 활성화할 방법을 시도하는 것이 효과적이며, 이때 부교감신경을 활성화하는 방법은 부교감과 관련된 흐름을 자주 만들어주면 된다. 즉 심리적으로는 긍정적이고 희망적이며 밝고 순수한 마음이 필요하며, 신체적으로는 가벼운 운동, 따뜻한 차 한 잔, 맛있는 음식, 따뜻한 찜질, 기분 좋은 마사지, 충분한 수면 등을 활용하여 몸을 편안하고 부드럽게 해주는 것이 좋으며, 그 외 최면, 호흡 수련, 명상, 기도 등도 활용해볼 수 있다.

이처럼 우리가 알고 있고 경험하고 있는 많은 것들은 바로 부교감신경을 활성화할 수 있는 좋은 방법에 해당한다고 볼 수 있다. 결국 이러한 부교감신경의 활성화를 통하여 육체적인 부분의 다양한 통증과 염증성 질환뿐만 아니라, 심리적 정신적 다양한 불균형과 부조화된 증상들의 회복과 치유에 많은 도움을 받을 수 있다.

■ 조깅을 통한 우울증 해소

"듀크대학의 연구팀은 우울증 해소 방법을 비교 연구하였는데 하나는 조깅을 통한 우울증 해소법이고, 다른 하나는 항우울제인 졸로프트를 통한 해소 방법이다. 4개월 치료 이후 졸로프트를 복용한 환자들의 3분의 1 이상이 다시 우울증에 빠졌지만 조깅으로 치료를 받은 환자들의 92%는 여전히 좋은 결과를 유지했다. 또한 신체 운동은 우울증을 치유할 뿐만 아니라 예방의 효과도 있다. 일반인들을 대상으로 운동을 하게 한 결과, 그들이 향후 25년 동안 우울증을 겪게 될 확률은 매우 낮은 것으로 나타났다."

— 다비드 세르방 슈레베르의 『치유』 중에서

■ 동물들의 스트레스와 육식

동물들의 사육 환경과 약물 과다 투여는 육류의 질에 부정적인 영향을 준다. 좋은 환경과 좋은 사료로 키운 육류를 섭취하는 것이 좋겠지만 그렇지 않은 경우가 많으므로 잘 살펴서 먹는 것이 좋다. 그리고 또 다른 한 가지 생각해볼 수 있는 부분은 동물들의 사육 과정과 도축할 때 동물들이 느끼는 스트레스이다. 동물들도 자신이 죽을 때가 되면 그 순간 불안과 공포감을 많이 느낀다고 한다.

즉 죽음을 앞둔 순간의 극심한 스트레스는 동물들의 몸과 마음에 영향을 주면서 각종 스트레스 호르몬을 분비하는 등 육체적 심리적 변화들을 유발했을 것이다. 따라서 음식 섭취에 있어서 이러한 부분들을 한번쯤 생각해볼 필요가 있다.

이완, 기氣

■ 기氣, 마음 부분

마음 부분의 이완을 통하여 정기신의 안정과 회복을 목표로 한다. 이완을 잘하려면 마음이 안정되어야 한다. 그러기 위해선 자신의 마음이 외부의 모든 환경과 관계를 잘 조절하는 것이 중요하다. 그래서 감정이 조절되고 안정되면 육체와 정신도 함께 이완, 안정될 수 있다.

■ 소통으로서의 이완

다른 사람과 함께 따뜻한 눈빛을 주고받으면서 서로의 마음을 주고받을 때 우리는 행복감을 느낄 수 있다. 그러나 그 반대로 그 존재 자체가 싫고 또한 미울 때는 서로 대화하는 것도 싫겠지만 심지어는 근처에 있는 것조차도 괴로울 수밖에 없다. 그렇게 되면 몸 마음 정신은 긴장이 되면서 순환의 정체와 함께 여러 질병으로 이어질 가능성도 커진다.

따라서 건강을 위해서는 이러한 소통은 매우 중요한 부분이며 어떤 방법이든 그렇게 될 수 있도록 노력하는 것은 무엇보다도 자신을 위해서 필요하다고 할 수 있다. 또한 소통은 사람과 사람과의 소통만 있는 것은 아니다. 동물 혹은 식물 심지어는 생명이 없는 물체와도 소통하기도 한다. 넓게 본다면 모든 것과도 소통은 가능하다 할 수 있다.

예를 들어 하늘의 달, 별과도 소통할 수 있으며, 떨어지는 낙엽과도, 길거리에 있는 조약돌과도 가능할 것이다. 이처럼 소통은 존재하는 모든 것과 가능하며, 다르게 표현한다면 '존재함으로써 소통이 시작된다'고 할 수 있다. 그러나 보고 있다고 해서 다 볼 수 있는 것은 아닌 것처럼 마음이 없으면 소통 또한 쉽지 않은 것이므로, 소통하고자 하는 마음이 있어야 제대로 된 소통이 될 수 있다. 의지가 없는데 손만 잡는다고 서로의 마음이 제대로 전달될 수는 없기 때문이다.

물과 파동의학을 오랫동안 연구해온 일본의 에모토 마사루는 그의 저서 『물은 답을 알고 있다』에서, 사람의 긍정적인 마음과 부정적인 마음이 물을 변화시킬 수 있다는 사실이 증명됐다고 말하고 있다. 이것은 곧 물과 사람과의 소통이 가능하다는 것을 이야기하는 하나의 예일 수 있다.

■ 마음을 이완하는 방법

1. 창문을 열어야 바람이 들어온다

소통은 순환이며 긴장의 해소이며 이완을 의미한다. 따라서 이완을 하고자 한다면 이러한 이치를 잘 이해하고 소통과 순환을 할 수 있도록 자주 시도하여야 한다. 따라서 '창문을 열어야 바람이 들어올 수 있듯이' 자신이 먼저 따뜻하고 긍정적이며 이완하고자 하는 마음을 가지고 자신의 '마음의 창문'을 열어 상대방과 소통을 시도하는 것이 좋다.

이때 만약 내가 창문을 열지 않고 그냥 기다리고만 있다면, 상대방도 역시 그대로 있을 가능성이 크기 때문에 소통이 이루어지기 힘들 수 있다. 따라서 소통을 하고 싶다면 항상 자신이 먼저 주도적으로 소통을 시도하여야 할 것이다.

그리고 이것은 치료에서도 마찬가지이다. 즉 수동적이고 부정적이며 폐쇄적인 마음이 아닌 능동적이고 긍정적이며 여유롭게 받아들이고자 하는 마음, 그리고 그 속에서 냉정하게 흥분하지 않고 마음의 중심을 잃지도 않고 아름답게 조화를 이루고자 하는 마음, 아울러 그것을 통해 자신을 치료하고 치유하여 건강과 회복의 기회로 삼으려고 하는 마음으로 치료 대상자뿐만 아니라 자기 자신과의 소통이 필요하다. 즉 '어떤 마음을 가지고 치료에 임하는가' 하는 것이 소통을 통해 심신의 긴장을 풀어나가는데 매우 중요한 부분이다.

2. 내 마음을 먼저 연다

소통의 시작은 먼저 주는 것, 자신의 창문을 먼저 열어라.

'소통'을 에너지의 교류 차원으로 이해할 수도 있다. 즉, 자신으로부터 유무형의 에너지가 나가게 되면 그에 상응된 에너지가 다시 자신에게 들어올 수 있는데, 이러한 흐름을 소통이라고 이야기할 수도 있다. 비슷하게는 세상에는 공짜가 없다고 하는 것이며, 주는 만큼 받게 된다는 이야기처럼 소통은 여러 의미가 있다고 볼 수 있다.

따라서 소통을 잘하기 위해선 먼저 스스로가 자신이 가지고 있는 것을 잘 내어놓아야 한다. 자신이 먼저 움직여야 하며, 먼저 변화하여야 한다. 즉 변화를 원한다면 자신이 먼저 움직여야 한다. 뭔가를 받고 싶다면 먼저 주어야 하며, 시원한 공기를 마시고 싶으면 먼저 창문을 열어야 한다.

이처럼 '소통을 하려면 먼저 주어야 한다'라는 것이니, 결국 자신의 마음, 자신의 에너지를 먼저 주어야 한다. 물론 이때 그냥 막 주어서는 안 되며 '잘' 주어야 한다. 아무리 좋고 귀한 물건이라도 바닥에 집어던지거나, 버리듯이 주면 안 되는 것처럼, 상대방이 기분 좋게 잘 선택하여 가지고 갈 수 있도록 충분히 살피고 배려하면서 주어야 하며, 함부로 상대방의 영역에 침범하여 마음에 부담이나 상처를 주지 않도록 주의하여야 한다. 소통은 그만큼 조심스럽고 신중하게 접근하여야 한다.

3. 기운을 흐르게 한다

우리는 모두 '기운'을 가지고 있다. 기운은 기氣의 흐름으로 '생명력'이라고 말할 수 있는데, 이것은 살아 있는 존재라면 마땅히 가지고 있는 힘으로, 흘러야 하며 흐르지 않는다는 것은 곧 죽음을 의미한다고 할 수 있다. 기운은 흐르는 것이며, 또한 흐르기 때문에 기운이라고 하듯이 인간이라는 존재 역시 다른 존재와의 교류 소통을 통해서 생명력을 유지하는 것이니, 결국 살아가기 위해선 적절하면서도 원활한 교류와 소통이 필요하다고 볼 수 있다.

그러므로 만약 어떠한 스트레스 상황이 생겼을 때 다른 사람과 소통을 하지 않고 홀로 가만히 있게 된다면, 자신의 기운은 자기 내부에서 정체되어 움직이지 않게 되고, 동시에 외부와도 단절되어 기운이 잘 흐르지 못하게 되면서 결과적으로 자신의 기운은 더 약해지게 된다. 따라서 이것을 극복하기 위해서는 상대방과의 교류와 소통을 통해 기운을 흐르게 하여야 할 것이다.

그런데 상대방과 원활한 소통을 통한 이완을 위해서는 먼저 그렇게 하고자 하는 의지意志가 있어야 한다. 즉 신의 작용인 마음의 의지, 하고자 하는 방향성이 있어야 하며, 그렇게 하여야 그 방향으로 기운도 흘러갈 수 있다. 다시 말하면 마음이 있다는 것은 방향성이 있다는 것으로, 예를 들어 내가 누구에게 감사의 인사를 전한다고 할 때 이 행위가 가능하기 위해선, 먼저 그렇게 하고자 하는 마음이 있어야 가능하다.

소통은 자신의 마음을 상대방에게 전달하는 것으로, 이때 상대방으로서는 그 '마음'이 자신에게 전달되지 않는다면 알 수가 없고, 그 사람과의 교류 공감도 일어나지 않을 것이다. 따라서 기운을 잘 흐르게 하기 위해선 자신의 마음을 무형과 유형의 기운을 통해 상대방에게 잘 전달시켜 주어야 한다. 그렇게 되면 소통을 통한 이완이 될 수 있다.

4. 호흡을 편안하게 유지한다

사람은 호흡하지 않고 살아갈 수는 없으며, 늘 자신의 정기신의 상태에 따라 호흡 역시 변화가 일어나게 된다. 특히 기쁘고 슬프고

화나는 등의 희로애락의 감정 상태에 따라 호흡의 흐름 역시 변화가 일어나게 된다. 또한 여러 감정 상태가 일어나 있을 때 의식적으로 호흡을 조절하면 감정 상태 역시 조절이 어느 정도는 가능할 수도 있다.

예를 들어 긴장을 심하게 하고 있거나, 화가 날 때 몇 번의 심호흡은 긴장 상태와 분노 상태를 다소나마 진정시켜주는 효과가 있다. 이렇듯 인체의 기氣를 조절할 때 호흡의 조절은 매우 중요한 부분이라 할 수 있다.

한편 같은 공기를 호흡하더라도 '이상한 냄새'라고 생각하고 호흡하는 것보다, '기분 좋은 신선한 공기'라고 생각하고 호흡하는 것이 훨씬 더 편안하고 기분을 좋게 해 줄 수 있는 것처럼 생각 역시 호흡에 영향을 줄 수 있으며, 그 반대로 호흡을 잘 안정시키면 의식이 안정되는 등 생각과 의식에도 변화를 줄 수 있다.

호흡을 통한 인체의 기氣의 조절은 오욕칠정의 조절에 그치지 않는다. 과거로부터 현재까지 수많은 사람 특히 수도자들은 호흡을 매우 중요하게 생각하였다는 것은 누구나 잘 알고 있는 부분이다. 그 이유는 아마도 호흡을 통하여 자신의 육체와 정신의 조절을 할 수 있었기 때문일 것이다. 그러므로 정기신의 이완, 안정을 위해서는 반드시 호흡을 잘 조절하는 것이 필요하다.

또한 호흡은 정기신을 통합하는 데 가장 핵심적인 부분이라 할 수 있다. 예를 들어 요가나 명상을 할 때 호흡에 집중하게 되는데 이러한 집중이 효과적인 요가와 명상을 만들어갈 수 있으며, 이러한 과정이 자신의 정기신을 하나로 모으는 중요한 흐름이라는 것을 잘 이해해야 한다.

"호흡은 하늘과 땅의 기(氣)가 서로 소통하는 것이다."

"호흡이 중요한 것은 정과 신이 흩어지지 않게 하는 출발점이기 때문이다."

— 박석준의 『동의보감, 과학을 논하다』 중에서

"요가나 명상 아니면 모든 형태의 긴장 이완 방법들의 첫 단계는 무엇보다 관심을 자신의 내면으로 향하는 것으로 시작되며 이 상태에 도달하기 위한 가장 효과적인 방법은 숨을 아주 천천히 그리고 깊게 쉬는 것이다."

— 다비드 세르방 슈레베르의 『치유』 중에서

이완, 신神

■ **신神, 정신 부분**

정신적 이완을 통하여 정기신의 안정과 회복을 목표로 한다. 정신적인 이완은 의식과 생각의 안정과 휴식을 의미하는 것으로 특히 몸과 마음을 주관하고 있는 정신적인 이완과 안정은 정기신의 안정과 회복에 매우 중요하다.

그리고 특히 더 중요한 부분은 이해와 방향성이라고 이야기할 수 있다. 즉 어떻게 이해하고 어떤 방향으로 실천할 것인가 하는 것이다. 한 생각이 모든 것을 바꾸어놓을 수 있는 것처럼 신神은 정기신을 이완하는 데 있어서 그만큼 중요한 역할을 한다.

■ 신神은 미래이자 방향성이다

신神은 의지이자 방향성으로 아직 현실에 구현되지 않은 상황이며 점차 시간 속에서 현실화가 되는 것으로 볼 수 있다. 즉 어떠한 생각과 의지가 하나의 방향성을 가지고 실천해나갈 때, 그것이 현실에서 구현되어 현재와 과거를 이루게 되므로 신神은 의지이면서도 미래이자 방향성이 될 수 있다. 예를 들어 무슨 일을 시작하려면 '어떻게 하겠다는 계획'을 세운 후 그 계획을 실행에 옮기게 되는데, 이때 그 결과물은 자신自神이 계획하였던 신神의 결과물인 셈이다.

그래서 만약 과거 현재 미래를 정기신의 관점에서 생각해보자면 과거는 이미 유형화된 물질로 정精에 해당하고, 현재는 기氣에 해당하며, 아직 오지 않은 미래를 신神이라고 가정해볼 수 있다. 그렇다면 과거는 현재 가지고 있는, 그리고 가지고 있었던 증상과 통증들이라고 할 수 있고, 현재는 지금 내가 숨 쉬고 느끼고 보고 있는 이 순간이라 할 수 있다.

그러므로 만약 지금 이 순간에 과거에 아팠었던 기억을 생각한다는 것은 자신의 생각(신神)이 이미 지나간 과거에 머물러 있는 것이며, 만약 그것을 계속 생각하게 된다면 미래(신神) 즉 미래로의 방향성이 없게 되는 것으로 볼 수 있으므로 이러한 상황에서는 더 이상의 변화와 발전을 만들어 갈 수 없다고 볼 수 있다. 왜냐하면 변화와 발전을 하려면 미래의 새로운 것이 있어야 하는데 이미 지나간 부분의 집중만으로는 새로운 변화를 만들어간다는 것이 힘들 수 있기 때문이다.

따라서 밝고 긍정적이고 희망적인 미래의 방향으로 현재를 변화시켜 나간다면 변화되는 현재의 결과물에 의하여 새로운 과거를 만들어 갈 수 있을 것으로 본다.

■ 정신을 이완하는 방법

1. 이완하고자 하는 마음이 필요하다

이완을 잘하기 위해서는 다양한 마음들이 필요하다 할 수 있다. 현재에 만족할 줄 아는 마음, 모든 것을 내려놓을 수 있는 마음, 사랑하고 아낄 수 있는 마음 등등 여러 마음이 필요하다 할 수 있다. 그러나 그 중에서도 핵심은 '이완을 하겠다는 마음'이다. 그 이유는 자동차가 아무리 좋아도 어디로 가겠다는 목적지를 정하지 않으면 움직이기 어려운 것처럼 이완하려면 어떤 부분을 어떻게 이완할지 분명한 목표와 방향성이 있어야 하기 때문이다.

따라서 만약 그러한 목표가 없다면 이완이 깊고 충분하게 이루어지긴 힘들 것으로 본다. 이것은 시술자와 피시술자 둘 다 마찬가지이다.

2. 현재를 인정하고 만족한다

이완은 미래에 대하여 욕심을 내지 않고 현재 상태를 인정하며 받아들이고 만족하는 것에서 시작된다고 할 수 있다. 그러므로 이완은 당장 일어나지 않고 있는 미래의 일에 대한 걱정 불안 기대 욕망 등에 대한 생각으로 정력을 낭비하지 않고 현재 자신의 처지와 상태에 대한 냉정하고 합리적인 이해와 수용을 의미한다고 볼 수도 있다.

인간의 욕심은 끝이 없다고 한다. 권력 명예 부귀 등 먹는 것에서부터 가지고 싶은 것, 하고 싶은 것 등 인간의 오욕칠정은 만족을 모르고 더 많은 것을 원하고 더 높은 것을 추구하게 된다. 그러다보면 적당한 지점에서 멈추지 못하고, 자신의 현실을 만족하고 인정하고 받아들이지 못하면서 '부족으로 인한 스트레스'로 휩싸이게 된다.

만족하지 않으면 이완이 힘들 수 있다. 예를 들어 음식도 적당히 먹었을 때 기분 좋고 편안할 수 있지만, 거기서 더 과식하면 오히려 긴장이 형성되면서 안정될 수 없게 되며, 타인에게 조언할 때도 적절하고 적당하면 힘이 될 수 있지만 그것을 넘어서면 상대방은 불편함을 일으킬 수도 있다.

따라서 때에 따라서는 조금은 부족하고 더 손해를 볼 것 같더라도 적절한 선에서 멈출 수 있어야 한다. 적절하게 만족하며 멈추게 되면 이완은 그곳에서 시작된다.

정리한다면 이완은 현재의 바탕 위에서 시작하는 것이라 할 수 있다. 즉 현재 자신의 상태를 인정하고 더 긍정적으로는 여기에 만족감을 느껴야 한다. 만약 그렇지 않고 마음을 조급하게 하거나 미래에 자꾸 마음을 두고 있으면 이완은 힘들어질 수 있으므로, 현재의 상태에서 그 상태를 만족하면서 조금씩 이완시켜 나갈 수 있도록 하는 것이 중요하다.

3. 사랑과 행복

밝고 희망찬 꿈을 꾸며, 항상 온화하고 밝은 미소, 긍정적인 생각으로 하루하루를 생활하는 것은 이완을 이루는 매우 중요한 방법이다. 그것은 사랑과 감사, 행복과 충만이 삶을 살아가는 데 최고의 덕목이며 가장 좋은 약이 될 수 있기 때문이다. 즉 꿈과 희망은 우리를 행복으로 나아가게 하는 힘을 가지고 있다.

한편 악하고 독하고 나쁜 마음과 오욕칠정에 빠져 있는 마음은 심신의 기운을 어둡게 하고 정신을 혼탁하게 만든다. 다시 말하면 어둡고 혼탁해진 기운들은 몸과 마음 그리고 정신을 긴장시키며 고통과 질병을 심어주게 된다.

결국 사랑과 감사 그리고 행복과 충만은 정기신을 밝고 맑고 찬

란하게 하며 삶을 살아가는 데 힘을 주며 우리를 편안하게 이완, 안정시켜주며 건강하게 해 줄 수 있다.

한편 사랑과 감사, 그리고 행복과 충만은 우리가 공통으로 가지고 있는 근본적인 마음이다. 그리고 이것은 우주의 근원적인 에너지, 집합무의식, 초양자포텐셜 등과 연결되어 있다고 한다. 그런데 이 근본적인 마음은 모두에게 통용되는 것이며, 모두가 가지고 있는 것이지만 여기와 연결되기 위해선 깊이 이완되지 않고서는 힘들다고 볼 수 있다.

따라서 깊은 이완을 통해 이러한 근본적인 마음에 도달하게 된다면 부정적인 마음은 긍정적으로, 긴장은 이완으로, 막힘은 순환으로, 고통은 즐거움으로, 불행은 행복으로, 공허함은 충만으로, 불평은 감사와 환희로 변화될 수 있다.

"누구나 마음이 어두우면 생각도 어두워지게 마련입니다. 그 어두운 생각 때문에 기분도 점점 어두워집니다. 이것은 곧 당신을 우울하게 만드는 원인이 당신의 사고방식에 있으므로 그것을 바꾸면 우울증을 극복할 수 있다는 것을 의미합니다."

— 다카다 아키카즈의 『마음을 즐겁게 하는 뇌』 중에서

4. 여유

몸과 마음 그리고 정신의 고통이 잠시 잠깐의 노력으로 해결될 수 있다고 기대하는 것은 매우 성급하고 성공하기 어려운 생각이다. 한걸음에 산 정상에 오를 수 없는 것처럼 수없이 반복되는 걸음이 있어야만 자신을 정상으로 안내할 수 있다. 오늘 조금 이완하였으면 그만큼 자신의 정기신이 안정된 것이고, 혹 내일 다시 긴장된다고 하더라도 오늘 경험한 것으로 인하여 조금 더 깊이 이완할 수 있다.

큰 욕심과 기대로 어제의 노력이 무시되지 않도록 하여야 한다. 몸과 마음 그리고 정신의 고통으로부터 빨리 벗어나고자 하는 마음이 클 수는 있지만, 최소한 그 병이 만들어진 만큼의 시간과 고통에 상응될 수 있는 노력과 정성이 필요할 수도 있기에 지나친 과욕과 성급함으로 치료를 방해하지 않도록 하여야 한다.

또한 현재를 인정하고 받아들이면서 지나친 욕심은 버리고, 스스로 할 수 있는 만큼만이라도 실천하는 것이 필요하다. 그리하여 심신을 편안하고 여유롭게 하며 적절한 휴식을 취하면서 오욕칠정의 욕심을 조금이라도 내려놓고 살아갈 수 있다면 긴장을 해소하는 데 조금이라도 도움이 될 수 있다. 따라서 욕심을 버리고 여유롭고 긍정적이고 희망찬 마음으로 하루하루 만족하면서 살아간다면 이완은 충분히 가능할 것으로 본다.

정기신 이완요법의 전제

누구나 쉽게 이완할 수 있다고 생각할 수 있지만 결코 그렇지 않다. 마치 잠을 자려고 노력하면 할수록 잠자기가 더욱 힘들어지는 것처럼 이완은 하려고 하면 할수록 더욱더 어려운 부분으로 특히 긴장된 사람들에겐 더욱더 그러할 것으로 본다.

이처럼 이완이 어렵고 쉽지 않다고 할 수도 있겠지만 어쩌면 우리는 그 방법을 이미 어느 정도 알고 있고 또 실천도 하고 있다고 볼 수 있다. 하지만 그럼에도 불구하고 현실에서 잘 안 되는 이유는 아마도 '어려운 부분인데 가능할까?'라는 선입관이나 불신이 있거나, 한번도 해보지 않아서 잘 모른다고 생각하거나, 또는 해보았지만 확신이 없거나, 하려는 의지가 없는 등의 여러 다양한 이유가 있을 것으로 본다.

그리고 또 다른 이유는 어느 정도 확신이 있다고 하더라도 이미 심신의 균형이 깨어져 모든 것이 불안하고 조급하며 여유가 없고 자신감도 약해져 있어서 충분하고 여유롭게 시간과 노력을 기울이지 못하기 때문이라고 볼 수 있다.

그렇기 때문에 다양한 이완의 방법도 중요하지만 그 중에서도 가장 중요한 부분은 마음이다. 다시 말하면 이완을 시도할 때 얼마나 믿고 있으며, 어떤 마음으로 하는가 하는 것이 중요하다. 아무리 좋은 방법도 잘 이해를 못하고, 또 아무런 생각이나 의지가 없이 한다면 그 효과는 극히 제한적일 수 있겠지만 흔히 알고 있고, 쉽게 할 수 있는 방법이라도 그 의미와 가치를 잘 이해하면서 마음을 다해서 최선을 다한다면 좋은 이완 효과를 볼 수 있다.

■ 아는 것이 힘이다

아는 만큼 보이고, 아는 만큼 치료되는 것이다. 그래서 이완에 대해서도 더 깊고 정확하게 이해할수록 더 큰 힘으로 작용하여 더 나은 효과를 일으킬 수 있다. 이해하고 있으면 실천하기도 쉽다. 생각이 몸을 지배하는 것이니 그 가치를 얼마나 이해하고 실천하는가 하는 것은 매우 중요한 부분이다.

그리고 이것은 정기신 이완요법으로 본다면 '신의 작용'이 얼마나 개입되어 있는가 하는 의미로 볼 수 있으므로 매우 중요한 부분이라 할 수 있다. 일체유심조一切唯心造라 하듯이 모든 것은 마음에서 비롯된다고 하였으니 이렇게 이완을 하고자 한다면, 먼저 이완을 충분히 이해하고 확고하고 확실한 의지를 세워 실천하면 될 것이다. 다시 말하자면 신(神)인 의식적인 부분을 더 명확하고 분명하게 사용할 수 있어야 진정한 통합의 힘이 작용되어 더욱 온전한 이완을 할 수 있다.

"세상은 변한다. 변하지 않는 세상은 없다. 그런 세상에서 스스로 변화에 적응하지 못하면 변화를 강요당한다. 반대로 진취적으로 변화하는 길 그것이 혁신이다."

— 김승호의 『끝은 생각하지 마』 중에서

■ 정기신 이완요법의 전제

1. 비우기, 내려놓기

정기신 이완요법을 할 때는 모든 것을 내려놓고 최대한 편안한 마음으로 진행하여야 하므로 마음을 편안하고 여유를 가지고 마치 잠을 자려고 하는 것처럼 하여야 한다. 따라서 '내려놓기'가 필요하다. 이것은 '마음을 비워라! 마음을 내려놓아라!'의 의미이다.

집착하면 이완할 수 없다. 그래서 잡지 않고, 매달리지 않고, 얽매이지 않고 그래서 모든 것을 내려놓을 수 있어야 한다. 만약 내려놓을 수 없다면 그것은 집착하고 있다는 것으로 이완은 그만큼 힘들 수 있을 것으로 본다. 다시 말하면 이완이 잘 안 되는 사람은 '어딘가' 집착을 하고 있는 경우라고도 볼 수 있는데, 이때 집착의 집執은 가지고 있다는 것이고, 착着은 붙어 있다는 의미로써 집착은 자기 안에 있고 자신이 소유하고 있는 '무엇'을 놓기 싫은 행위로도 볼 수 있다.

버려야 얻을 수 있고, 모든 것을 포기했다 생각될 때 새로운 시작을 할 수 있으며, 비우고 내려놓았을 때 깨달음이 찾아온다고 하는 것처럼, 내려놓을 때 비로소 이완될 수 있고 행복해질 수 있다. 물론 이처럼 비우고 멈추고 내려놓는 것이 쉬운 일은 아니다. 그러나 잠이 드는 순간 우리는 모든 것을 내려놓게 되며, 반대로 모든 것을 내려놓아야 비로소 잠이 들 수 있는 것처럼, 이완요법을 할 때도 그렇게 편안하게 모든 것을 내려놓는 느낌으로 한다면 좀 더 좋은 효과를 볼 수 있다.

"마음의 눈으로 마음속을 가만히 들여다보라. 들여다보는 순간

'생각'과 '나' 사이엔 거리가 생긴다. 거리가 생기면서 '생각'과 '나'는 저절로 분리된다. 모든 감정을 좁은 마음의 공간 속에 가둬놓고 한 덩어리가 되었기 때문에 화가 나게 된다. 들여다보는 순간 몸속은 텅 빈 공간이 된다. 빛으로 된 나는 몸 안팎을 자유로이 드나들 수 있는 무한한 존재이다. 화와 통증이 온몸의 혈관을 타고 자유로이 퍼져나가도록 내버려두고, 그 흐름을 있는 그대로 관찰해본다. 모든 감정은 텅 빈 공간에 떠올랐다 사라지는 에너지의 흐름이다. 내가 그 흐름을 가로막으면 나와 한 덩어리로 뒤엉키고, 가로막지 않으면 나와 분리돼 스스로 사라진다."

— 김상운의 『왓칭 2』 중에서

2. 집중이 중요하다

정기신 이완요법은 호흡에 집중하여야 한다. 좀 더 정확하게는 호흡을 할 때 일어나는 편안하게 이완되는 심신의 느낌에 집중하는 것으로, 방법은 자신의 상태에 적절하게 맞춰서 무리가 되지 않도록 편안하고 자연스럽게 몸에 힘을 빼면서 호흡을 하는 것이다. 이때 중요한 것은 자신의 모든 감각을 호흡에 집중하여야 하는데 몸 안으로 공기가 들어올 때, 그리고 나갈 때 몸과 마음이 조금씩 편안해지는 그 느낌에 집중하는 것이다.

예를 들어 대부분의 사람이 심호흡할 때 이것을 통해 심신이 편안해지는 느낌에 집중하게 되는데, 이완요법 역시 그와 비슷한 방법으로 하면 된다. 다만 이완을 할 때는 조금씩 이완되고 있는 자신의 상태를 느끼면서 진행하는 것이 중요하므로, 너무 크고 강하게 욕심을 내어 호흡할 필요는 없으며 그저 자신에게 맞춰서 편안하고 자연스럽게만 하여도 충분하다.

참고로 이렇게 호흡의 느낌에 집중하는 것은 집중력이 좋아질 뿐 아니라 잡념도 많이 사라지게 되는 효과도 있다. 그러므로 만약 이완 도중에 잡념에 들거나 감정에 휩싸이게 되면 이완이 어려워질 수 있으므로 다시 호흡에 집중하면 안정을 찾을 수 있다. 호흡에 집중하는 또 다른 이유는 기운을 모으기 위해서이다. 무릇 기운이라는 것은 보고 있고 의식을 두고 있는 곳에 머물게 되는데, 예를 들어 몸 밖에 의식을 두면 기운은 몸 밖에 머물게 되고, 몸 안에 두면 기운 역시 몸 안에 머물게 되는 것으로, 기를 수련하는 사람이 단전에 기운을 모으고 싶을 때 단전에 집중하고 있는 것도 같은 이유라 할 수 있다. 그러므로 정기신 이완요법에서 호흡에 집중하는 이유는 궁극적으로는 정기신을 통합하여 기운을 하나로 만들기 위해서이다.

그런데 이때 호흡에 집중하려고 무리하게 힘을 줄 수도 있는데, 이렇게 되면 오히려 긴장을 더욱더 악화시킬 수도 있으므로 편안하고 부드럽고 자연스러운 호흡을 유지하면서 자신의 호흡에 집중만하면 된다. 즉 호흡이 거칠거나 부드럽거나 빠르거나 느리거나 상관없이 호흡이 안정되기를 기다리고 있으면 서서히 고요하고 깊은 이완 상태로 들어갈 수 있게 된다. 다만 처음에는 안정이 될 때까지 다소 시간이 걸릴 수도 있으니 여유를 가지고 충분히 기다리면서 해야 한다.

3. 이완을 하고자 마음을 가져라

모든 시작은 마음을 먹는 것에서부터 시작하듯이, 이완도 마찬가지이다. 시작이 반이라고 하듯이 이완을 하려면 그렇게 해야겠다는 마음이 필요하다. 이것이 정기신에서 신神의 역할이자 기능이다.

어떤 일이라도 하고자 하는 마음이 있고 없고의 차이는 크다. 이완할 때도 마찬가지로 이완을 하고자 하는 마음을 먹는 것은 혼돈의 순간 자신을 긍정적인 방향으로 이끌게 하는 힘이자, 치료를 위한 원동력이 될 수 있다. 물론 안다고 해서 다 알 수 있는 것도 아니고, 또한 그것을 실천할 수 있는 것 또한 아니지만, 이완 순환 회복을 해야겠다는 마음을 굳건하게 가지고 시도한다면 그렇게 될 수 있다.

한편 '이완을 하겠다는 마음'에 대한 부분은 '생각'과 '의지'이며 '목표'와 '방향성'의 부분으로 정기신 이완요법에서 신神의 영역이다. 즉 이 부분이 얼마나 명확하고 분명하게 되는가 하는 것이 정기신의 통합을 할 때 신神을 통한 에너지의 작용이 얼마나 강하게 만들어질 수 있는가가 결정된다.

즉 생각에 따라 정기신의 통합에 따른 에너지의 힘이 달라질 수 있다는 것이며, 그 변화의 결과 또한 차이가 날 수밖에 없다. 그러므로 충분히 이해하고 강한 의지를 가지고 긍정적인 마음으로 집중하면서 실천한다면 정기신 이완요법으로 인한 효과는 더욱 커질 수 있을 것으로 본다.

"목적의식을 가지고 살아라. 그러면 일하는 동안 자신도 모르는 사이에 콧노래를 부르고 휘파람을 불고 있을 것이다. 하나의 방향을 정하고 그 길을 따라 행진을 시작하자."

— 게리 켈러의 『원씽』 중에서

정기신 이완요법의 단계

이제까지 이완요법의 의미와 준비해야 할 부분들을 살펴보았다. 이제 실질적인 방법에 대하여 살펴보기로 하자. 정기신 이완요법은 혼자서도 충분히 가능하므로 천천히 여유를 가지면서 하나하나 차근하게 진행한다면 충분히 좋은 효과를 볼 수 있다.

순서는 두 가지로 진행한다. 첫 번째는 준비 단계로 몸과 마음을 편안하게 하고, 그리고 호흡을 안정하는 과정이고, 그리고 두 번째는 실행 단계로 자신에게 하는 이완하는 방법과 타인을 이완시키는 방법 두 가지가 있다.

■ 1단계 준비

1. 몸과 마음의 안정

이완의 첫 단계는 심신의 안정이다. 따라서 우선 신체적 심리적 정신적인 이상 유무를 검사와 진료 등을 통하여 문제점들을 확인하고 필요하다면 적절한 치료와 관리를 통하여 최대한 안정적인 상태를 유지해주는 것이 필요하다. 더불어 정기신 이완요법에 대한 충분히 이해와 함께 긍정적이고 능동적이며 희망적인 마음도 필요하다.

그래서 만약 부정적이고 비관적이며 수동적인 마음이 있다면 그만큼 이완을 방해할 수 있으며, 그 효과 또한 약해질 수밖에 없을 것이므로, 이완요법을 시작할 때는 긍정적이고 희망적인 마음으로 자신의 현재 상태에서 자신이 할 수 있는 최대한 편안하고 안정적인 상태로 만든 이후에 진행할 수 있도록 한다.

2. 호흡의 안정

이완요법을 하기 위해서는 심신의 기운이 고르고 편안하게 흐르는 것이 유리하므로, 먼저 최대한 부드럽고 안정된 호흡 상태를 만들어야 한다. 따라서 이완요법을 시작할 때에는 먼저 거칠고 불규칙한 호흡을 자연스럽고 편안한 상태로 만들어야 하는데, 그러기 위해서는 여유를 가지고 안정이 될 때까지 기다리고 있는 것이 필요하다.

다시 말하면 자연스럽고 편안한 호흡 상태가 될 때까지 기다려야 되며, 만약 불편하고 힘든 부분들이 있다면 그 상태를 있는 그대로 인정하고 받아들일 때까지 충분한 여유를 가져야 한다. 그렇게 기다리다보면 시간이 지나면서 서서히 안정될 수 있다. 물론 처음에는 호흡이 다소 거칠고 불편한 상태이기 때문에 금방 안정이 되지 않지만, 불편해서 이완하는 것이므로, 마음속으로 이완, 안정, 회복하고자 하는 의지를 가지고 가장 적절하고 편안한 호흡을 하면서 현재 자신의 정기신 상태가 조금이라도 안정이 되기를 기다리는 것이 필요하다.

여기서 중요한 것은 호흡을 너무 인위적이거나 강제적으로 하는 것이 아니라 자연스럽고 편안하게, 약간은 무심하게 마치 잠을 자려는 것처럼 하여야 하며, 어떠한 규칙이나 틀에 맞춰서 부자연스러운 호흡을 하지 않도록 주의하여야 한다. 만약 그렇게 하지 않는다면 오히려 심신의 긴장을 유발하여 '안정하고자 하는 마음'을 방해할 수도 있으며, 결국에는 이완에 부정적인 영향을 줄 수도 있기 때문에, 즐겁고 여유를 가지고 기다리면서 조금씩 이완시켜 나가면 된다.

3. 이완 부위 정하기

심신의 전반적인 기운과 호흡이 어느 정도 안정이 되면 이제 원하는 부위를 정하여 구체적으로 이완, 회복, 안정시켜 나가면 된다. 이완 부위를 정하는 방법은 다음과 같다. 일단 전체 즉 몸 마음 정신 어떠한 부분도 가능하니, 마음속으로 원하는 부분을 정하여 이완하면 된다. 이때 원하는 부위를 찾는 방법은 평소 불편이 있었거나 긴장이나 통증이 발생하였던 부위(편의상 이 부위를 '긴장점'이라고 정한다)를 중심으로 찾으면 된다.

긴장점은 주로 육장육부와 경락 그리고 근육과 신경의 흐름에 따라 주로 형성된다고 볼 수 있는데, 보통 목의 앞뒤 부위와 어깨, 허리와 엉덩이, 그리고 장골과 서혜부 쪽에 있는 경혈에서 많이 나타나며 각 장부의 모혈과 유혈에서도 많이 나타난다.

긴장점이 주로 많이 형성되는 곳은 견정, 견중유, 풍부, 풍지, 완골, 예풍, 천정 등의 목 주위의 혈자리와 등과 허리 골반의 혈자리인 폐유, 심유, 간유, 담유, 비유, 위유, 신유, 대장유, 소장유, 방광유, 환도 그리고 가슴과 복부쪽의 결분, 중부, 전중, 거궐, 중완, 천추, 석문, 관원, 중극, 기충, 거료 등의 혈자리이며 이 부근에서 적절한 위치를 찾을 수 있다.

이외에도 다양한 근육이나 신경 그리고 경혈 부위에서 긴장점으로 활용할 수 있다. 그래서 만약 이들 자리 중에서 눌러서 아프거나, 딱딱하게 굳어 있다면 긴장된 것이므로 그곳을 선택한다. 한편 모혈과 유혈은 혈자리를 말하는 것으로 한의학에서는 각 장부마다 모혈과 유혈이 있어 해당 장부와 서로 연결된다.

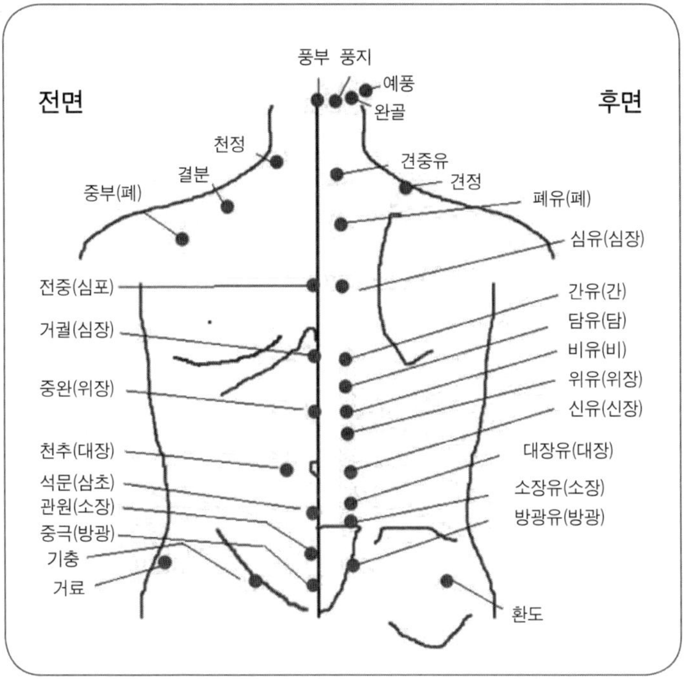

■ 2단계 실행

1. 자신을 이완하기

준비 단계를 거쳐 정기신의 상태와 호흡이 어느 정도 안정이 되면 자신이 원하는 부위를 정하여 이완하면 된다. 순서는 다음과 같다.

1) 안정하기

편안한 심신의 상태를 만들고 호흡을 안정시킨다.

2) 이완 부위 정하기

긴장점을 정한다.

3) 이완하기

'○○○ 부위를 이완하겠다'라는 마음으로, 호흡에 집중하며 편안하게 숨을 쉬면서 이완이 이루어지기를 기다린다. 이때 이완을 원하는 부위 즉 긴장점에는 집중할 필요는 없으며, 다만 이완되는 느낌에 집중하면서 자연스럽고 부드럽고 편안하게 호흡하며 이완이 이루어지기를 기다리면 된다. 이때 만약 조급해하거나, 여유를 가지고 기다리지 못하거나, 호흡의 안정이 잘 안 되거나, 이완될 수 있다는 가능성에 대하여 의심을 품고 있거나, 다른 생각을 하게 된다면 충분한 이완은 힘들 수 있으니 주의하기 바란다. 그래서 긴장점 부위가 서서히 시원해지고 가벼워지는 느낌이 들면서 마음도 편안하고 안정되고 좋은 기분이 들게 되면 조금씩 이완이 되고 있다고 판단하면 된다.

4) 휴식하기

원하는 부위가 충분히 이완되면 그 상태 그대로 휴식하면서 안정을 취하거나, 목표를 이동시켜 가면서 이완시켜 나가면 된다. 이때의 휴식은 긴장된 부분의 안정과 회복에 도움을 줄 수 있다.

참고로 호흡이 안정되어 가면서 육체적으로는 불편한 부분이나 긴장된 부분, 혹 통증이나 결림, 저림 등 다양한 반응들이 여러 위치에서 나타날 수 있고, 심리적 정신적으로는 예전의 기억이나 감정들이 올라올 수도 있는데, 이런 현상들은 대부분 이완되고 있기 때문에 나타나는 것으로 볼 수 있다.

즉 이완 부위의 기혈순환이 이루어지면서 그 부분들이 활성화가 되면 그 속에 막혀 있었던 유무형의 것들이 외부로 드러나게 되는데 이러한 이유로 인하여 여러 가지 증상, 혹 현상들이 나타나게 된다. 결과적으로는 좋아지고 있는 흐름으로 볼 수 있으니, 여유를 가지고 기다리면서 현재의 치료와 관리의 방법을 지속적으로 이어나가다 보면 자연스럽게 정리되고 안정을 이루게 될 것으로 본다.

2. 타인을 이완 시키기

이 방법은 혼자서 하는 것과는 다르게 대상 즉 자신과 다른 '타인'이 있다는 것이다. 그렇기 때문에 항상 염두해야 할 부분은 자신과 타인은 서로 다르지만 각자의 정기신의 기운들이 서로 연결되어 있어서 상호간에 영향을 주고받을 수 있다는 것이다. 따라서 치료자는 항상 자신의 정기신 상태를 잘 조절하고 있어야 하는데, 특히 자신의 '신'의 상태가 중요하다.

즉 시술자의 생각과 의지가 피시술자에게 주는 영향이 적지 않기 때문에 자신이 하는 방법을 충분히 이해하고 숙지하여야 할 것이며, 반드시 구체적인 목표와 방향성으로, '그렇게 될 것'이라는 확신과 믿음 그리고 의지를 가지고, 희망과 긍정의 마음으로 이완요법을 하는 것이 필요하다. 그리고 이완요법 중에는 피시술자의 육체적 심리적 정신적 상태와 호흡 상태의 변화들을 항상 살펴보면서 안정적이고 편안하게 진행될 수 있도록 하여야 하므로, 가능하다면 편안하게 누워서 하는 것이 좋고, 실내는 쾌적한 상태로 유지해주고, 조명은 너무 밝지 않도록 해주며, 따뜻한 찜질이나 두터운 수건이나 담요로 허리나 복부, 하지 부위를 미리 따뜻하게 해주는 것도 좋다. 또한 피시술자가 방법을 잘 따라올 수 있도록 잘 이해시키고 배려해주는 것도 필요하다.

1) 안정하기

피시술자의 정기신 상태와 호흡이 안정될 때까지 기다린다.

2) 이완 부위 정하기

기본적인 긴장점을 비롯하여 원하는 부위를 하나하나 눈으로 보고 손으로 눌러보면서 확인한다. 이때 피시술자가 호소하는 통증이 있는 부위 혹은 불편함을 느끼는 부위도 함께 참고하면 도움이 된다.

3) 이완하기

이완 치료를 할 부위를 정하면 순서를 정해 이완을 시작하면 된다. 이때 기본자세는 피시술자를 편안한 상태로 둔 상태에서, '긴장점'에 손가락이나 손목, 또는 팔꿈치 등의 신체 부위나 막대기나 베개 등의 적절한 도구를 이용하여 피시술자가 불편하지 않을 정도의 압력을 준 상태에서, 자신에게 이완요법을 하는 것과 비슷한 방법으로 해당 부위를 이완한다는 마음으로 호흡에 집중하면서 편안하게 호흡하도록 유도한다.

이때 시술자 역시 해당 부위를 이완한다는 마음으로 호흡에 집중하며 편안하게 호흡을 하여야 하는데, 이때 오직 이완하는 데 집중할 수 있도록 시술자와 피시술자가 모두 편안하고 안정된 자세를 유지할 수 있도록 주의한다. 간혹 이완되면서 긴장된 근육이 조금씩 풀어지면서 자세가 다소 늘어질 수도 있는데 이것은 좋은 현상이니 참고하면 된다.

만약 이때 통증이나 긴장이 금방 풀리지 않는다고 조급해하거나, 의식을 집중하지 않거나, 다른 생각을 하는 등의 행위는 하지 않도록 하며, 끝까지 여유롭고 부드럽고 깊고 충만하게 이완에 집중할 수 있도록 해 준다. 한편 마음속으로 '○○○ 부분을 편안하게 이완시켜준다'라는 것은 정기신에서 '신神'의 작용을 의미하는 것으로 마치 스스로에게 명령을 내리는 형국과도 같다고 볼 수 있다. 즉 마음속으로 명령을 내리고 그 이후에는 편안하게 이완하려는 마음으로 호흡을 하면서 이완되는 느낌에 집중하고 있으면 된다.

4) 휴식하기

마지막 부위까지 이완을 마치면 바로 누워서 잠시 휴식을 취하도록 한다. 왜냐하면 이완을 마치면 피시술자는 긴장이 풀어지면서 통증이 다소 안정됨을 느낄 수 있고, 동시에 행복함과 시원함, 부드러움을 느끼며, 긴장해소로 인한 편안함도 느낄 수 있으며, 경우에 따라서는 심신이 늘어지는 느낌이나 잠이 오는 등의 몽롱한 느낌도 받을 수 있다. 이러한 현상은 어느 정도 충분히 이완되었을 때 발생하는 현상으로, 이럴 때는 잠시라도 휴식을 취하게 하는 것이 심신을 빠르게 회복시키는 데 많은 도움을 줄 수 있다. 따라서 가능하다면 피시술자가 편안하고 회복된 느낌을 느끼거나 안정되고 충만한 기분이 들 때까지 휴식을 취하게 해 주는 것이 좋다.

하나의 예를 들어 설명해보자. 만약 목덜미 부근에 있는 '견정혈' 부근이 아프고 긴장이 많아서 그곳을 이완시켜주고자 원한다면, 먼저 피시술자의 호흡이 안정될 때까지 기다렸다가, 시술자는 그 부위를 손이나 팔꿈치 혹 막대기 등의 적절한 방법으로 피시술자가 크게 불편함이 없을 정도의 통증으로 압력을 준 후 그 자세를 유지한 상태에서 피시술자에게 '견정혈을 편안하게 이완시킨다'라는 목표를 마음속으로 한번 생각하게 한 후 편안하고 자연스러운 호흡을 하도록 유도하면 된다.

이때 호흡을 내쉴 때는 심호흡을 하듯이 하고, 위에서부터 아래 방향으로 힘을 빼면서 호흡하면 더 좋다. 이후 목표점의 통증이 서서히 해소되기 시작하면 해당 자리가 이완되고 있다고 판단하고, 잠시 그 상태를 유지하면서 충분히 이완될 때까지 기다려주면 된다. 점차 그 부위의 긴장이 풀어지고 통증이 점차 가라앉고 이완 순환이 된 느낌이 들면 다른 부위로 이동하여 처음부터 다시 시작하면 된다. 이후 계획한 긴장점들이 충분히 이완되었다고 판단이 되면 잠시 휴식을 취한 후 마무리를 하면 된다.

■ 정기신 이완요법 시 주의사항

정기신 이완 요법은 효과가 좋다고 볼 수도 있지만 그만큼의 기력氣力과 심력心力 즉 치료자의 에너지와 정신력이 많이 소모되는 방법이라고 할 수 있다. 그래서 단전호흡이나 심신 수련을 많이 한 사람들이라면 크게 부담이 없을 수도 있겠지만 일반인들의 경우라면 그렇지 않을 가능성이 높다고 볼 수 있다.

물론 적절하게 하면서 무리하게 욕심내지 않고 너무 자주 하지 않는다면 크게 부담되지는 않을 수도 있겠지만, 만약 몸과 마음이 지치고 피곤하며 힘이 드는데도 불구하고 반복적으로 시도하거나 무리하게 이완을 시도하면 과도한 에너지와 정신력의 소모로 인하여 머리 쪽으로 기운이 올라와 두통이나 어지럼증 등이 생길 수 있고, 소화가 잘 안 되거나 가슴이 답답하거나, 피로감이 많이 발생할 수도 있다.

따라서 만약 그러한 상황이 오게 되면 즉시 멈추고 심신을 안정시키고 충분한 휴식을 취하여야 할 것이며, 필요에 따라선 전문가의 조치가 필요할 수도 있다. 기계는 고장이 나면 새로 바꿀 수 있고 새 것으로 살 수도 있지만 사람은 한번 균형이 깨어지면 정상으로 다시 회복하기는 쉬운 일이 아니므로 최대한 조심하여야 할 것으로 본다.

그런데 이러한 불안전한 문제가 발생할 수 있는 이유는 무엇일까? 그것은 이완요법이 시술 과정에서 특히 과도한 집중으로 인한 정기신에서 기력氣力 혹은 신력神力의 에너지의 소비가 많기 때문으로 이해할 수 있다. 즉, 우리의 정기신은 각각의 에너지를 가지고 있지만, 그 중 한 부분의 사용량이 늘어나게 되면서 전체의 균형이 깨어질 수 있기 때문이다.

이것은 마치 전화나 인터넷 접속량이 갑자기 과도하게 증폭되면 아예 접속이 먹통이 되거나, 아니면 갑작스러운 상황으로 인하여 평소보다 훨씬 많은 부분을 생각해야 할 때 순간적으로 과부하가 걸리면서 아무 생각도 할 수 없이 멍해지는 경우와 비슷하다고 볼 수 있다.

다시 강조하자면 이완요법은 다소 기력氣力과 신력神力을 많이 필요로 하는 방법이기 때문으로, 시술자가 충분한 상태가 되지 않는다면 무리하게 시술하지 않는 것이 좋다고 볼 수 있다. 따라서 만약 충분히 이완요법의 이치를 이해한 후 적절하고 순리적으로 건강하게 욕심내지 않고 가볍게 도와주며 함께 소통하며 즐기는 마음으로 한다면 대부분은 별 무리 없이 진행될 수 있을 것으로 본다.

■ 정기신 이완요법 시 참고사항

이완요법을 하기에 앞서 미리 참고하면 도움이 될 것으로 본다.

1. 치료 부위는 가급적 심장에서 먼 부위부터 시작하는 것이 안정적일 것이다. 그 이유는 말초부터 순환이 되는 것이 심장에 압박을 덜 줄 수 있을 것이다.

2. 호흡하는 방법은 개인마다 다르므로 각자가 최대한 편안한 호흡 상태를 유지하는 것이 좋다. 즉 어떠한 규칙 등 인위적인 호흡은 좋지 않다.

3. 이완요법을 진행할 때는, 보통 심신의 긴장이 많이 형성된 상태에서 진행하게 되는 경우가 많기 때문에, 정기신의 불균형이 많이 이루어져 있을 수도 있다. 따라서 만약 필요하다면 적절한 치료를 병행하면서 이완요법을 진행하면 될 것이나.

4. 모든 것은 의지가 중요하므로, 이완하고자 하는 분명한 목표와 방향성이 있어야 하므로, 만약 어떠한 부위를 이완시키고자 한다면 그 부위를 이완하겠다는 마음을 가지고 시작하여야 하며, 그러한 마음으로 호흡을 하면 좋다. 예를 들어 심호흡할 때 '답답한 마음을 시원하게 하겠다'는 마음을 가지고 숨을 내쉬듯이 이완할 때도 심신을 이완하겠다는 마음과 의지가 필요하다는 것이다. 생각이 없고, 의지가 없다는 것은 목적지가 없이 자동차를 운전하는 것과 같다고 할 수 있으니, 이완하겠다는 마음이 없이 이완요법을 한다면 이완은 성공하긴 어려울 것이다.

따라서 만약 허리를 이완하고자 한다면 허리를 편안하게 이완시키겠다는 마음으로 호흡을 하면 되고, 목덜미를 이완하고자 할 때도 역시 그러한 마음으로 하면 된다. 그리고 이러한 방식은 무형적인 부분에서도 가능하다 할 수 있는데, 예를 들어 억울한 마음, 슬픈 감정, 복잡한 생각 등등 원하는 부분이 있으면 이러한 감정을 풀어주고자 하는 마음으로 편안하게 이완의 호흡을 하면 될 것이다.

5. 이완요법은 긴장점의 통증을 확인하고 그것을 인식하고 있는 상태에서 시작하는 것으로, 이완요법을 통해 그 통증이 조금이라도 감소하면 잘 되었다고 판단하면 된다.

6. 숨을 내쉴 때는 마음의 시선이 위에서 아래로 내려가도록 한다. 마치 심호흡을 할 때 코 또는 가슴에서부터 복부와 아래쪽으로 의식이 내려가면서 숨을 쉬면 좀 더 편안하고 안정되는 것을 느낄 수 있는 것처럼 이완할 때도 시선이 위에서부터 아래쪽으로 내려가는 느낌으로 하는 것이 좋다. 이때 호흡을 따라 시선이 아래로 내려가면 의식도 따라 함께 내려가게 된다.

7. 정기신은 같이 긴장되고 같이 이완된다. 그런데 이완을 시도하는 부위가 육체에서 하기 때문에 이완이 될 때 육체적인 것만 이완이 될 것으로 생각하면 안 된다. 육체는 마음과 의식이 머무는 곳이므로 육체가 이완되면 감정과 정신도 같이 이완될 수 있다. 게다가 이완하고자 하는 의지와 마음을 가지고 시도하기 때문에 정기신은 동시에 이완이 될 수 있을 것이다.

이렇게 원하는 부위를 이완하고자 할 때 육체적인 이완과 함께 생각과 기운이 함께 이완되는 것은 바로 정기신의 통합이 이루어지기 때문이며, 호흡은 그것을 통합시켜주는 연결고리가 된다.

8. 한 부분의 이완은 전체의 이완에 영향을 주게 된다는 것을 이해하여야 한다. 즉 국소 부위에서 시원함을 느낀다고 해서 그 부분만 좋은 것은 아니다. 이때의 느낌은 국소가 아닌 전신에서 느끼는 것이며 온몸도 같이 좋아지는 느낌을 받게 된다. 그리고 국소 부위의 순환은 전신의 순환이 없이는 이루어질 수 없는 부분이기에 결국 한 부분의 이완 안정 회복은 온몸의 모든 부분들이 이완, 안정, 회복됨을 의미한다고 볼 수 있다. 또한 이때 육체적인 부분만이 아닌 정신과 감정의 느낌도 포함되어 있다고 볼 수 있으니, 결국 정기신이 동시에 영향을 받고 변화하게 된다는 것을 알 수 있다.

9. 마음이 가는 곳에 기운이 가는 것이므로 만약 온몸을 이완하고자 한다면 온몸에 마음을 두면 되고, 특정 부위라면 그 부위에 마음을 두면 된다. 또한 어떠한 감정을 이완하고자 한다면 그 감정에 마음에 두면 된다. 그런 다음에 그것을 이완하고자 하는 의지를 가지고 호흡하면 된다.

10. 정기신 이완요법에서의 통증은 긴장으로 인한 기혈순환의 정체로 이해한다. 그리고 이때의 통증은 마음의 정체, 생각의 정체도 함께 내포되어 있다. 따라서 통증의 해소는 정기신 전체의 정체가 함께 해소되는 것으로, 이것은 긴장으로 인한 정기신의 개별적인 증상에 대한 치료가 아닌 긴

장 그 자체를 치료하는 것으로서 더욱 근본적인 치료라고 할 수 있다.

11. 통증을 있는 그대로 받아들이고 인정하게 되면 통증이 줄어들기도 한다. 그러한 이유는 받아들임과 인정은 더 이상 걸림이 없고 서로 간의 다툼이 생기지 않는 상태로 심리적인 안정과 함께 순환과 이완에 도움될 수 있기 때문이다. 이완요법은 혈액순환을 좋게 하고 긴장을 완화하며 통증을 감소시키고 치유 작용을 좋아지게 하는 것으로 포용적 치료 방법이다.

12. 최초의 질병이 스트레스가 아닌 다른 원인으로 인하여 형성되었다 하더라도, 그 원인과는 상관없이 질병으로 인한 통증 그 자체 때문에 스트레스를 받을 수도 있고, 또 그로 인하여 기존의 질병이 더 악화하기도 한다. 즉 비록 처음의 통증과 그 이후의 통증이 서로 다른 원인일 수는 있지만 통증이 있다는 그 자체가 이미 심신의 긴장 상태로 볼 수 있으므로 결국 이완으로 순환, 안정, 회복에 도움을 준다면 최초의 원인으로 인한 질병의 치유에도 많은 긍정적인 효과를 줄 수 있을 것이다.

책을 닫으며

긴장과 이완 그 간극에서

현대인들이 겪고 있는 여러 질환 중에 스트레스와 관련이 없는 것은 거의 없다고 해도 해도 과언이 아닐 정도로 스트레스는 현대 질병에 많은 비중을 차지하고 있다. 그리고 그것을 해결하기 위한 노력과 방법 또한 많다. 하지만 이로 인한 질환들과 관련 증상들은 나날이 더 다양해지고 있으며 심각한 양상을 보이고 있다.

예를 들어 심인성 긴장성 질환을 비롯한 만성통증과 염증성 질환 그리고 위장병, 심장병, 대장병, 고혈압, 당뇨, 불면, 우울, 불안, 말초순환장애, 자가면역 질환, 디스크, 협착증, 아토피, 습진 뿐만 아니라 흔히 알고 있는 여러 질환이 직접적이거나 간접적으로 스트레스와 직간접적으로 연결되어 있다.

심지어 한번 생기면 치료가 잘 안 되거나 충분히 낫지 않게 되면서, 지속적 반복적으로 심신에 영향을 주며 점점 더 나빠지게 되는 경우가 많으니 실로 스트레스와 긴장으로 인한 흐름과 형국을 벗어나기는 쉽지 않다.

수많은 질병이 스트레스로 인해 생겨났으며 서로 연결되어 있지만 긴장 상태의 자신을 자유자재로 이완, 안정시켜줄 만큼 자신의 몸을 잘 알고 있는 사람은 많지 않다. 스트레스가 주는 압박과 긴장에서 벗어나고자 하는 마음이 아무리 절실해도 자주 아프고, 자주 통증에 시달리고 나아가 질병을 얻는 것이 현대인의 표상이다.

그래서 더 깊고 충분하게 이완, 안정, 회복할 수 있는 방법을 찾는 것이 무엇보다 시급하다. 그렇게 되어야 현대에 만연해 있는 다양한 스트레스로 인한 증상들을 좀 더 안정시킬 수 있으며 질병 치료와 관리에도 많은 도움이 될 수 있다.

이완이 스트레스로 인한 긴장을 해결하면서 안정과 휴식을 줄 수 있는 것은 분명한 사실이지만, 충분한 치료와 관리를 위해서는 더욱 충만하고 깊은 이완의 단계가 수반되어야 한다. 그러기 위해선 지금까지와는 다른 새로운 접근이 필요하다고 할 수 있으며, 그것은 정기신을 하나로 모으는 것 즉 정기신 통합에서 그 해답을 찾을 수 있다.

아쉽게도 지금까지 우리는 몸과 마음, 그리고 정신적인 에너지를 분리하여 진단과 치료를 해왔다. 그러다 보니 기존의 방법으로 이러한 문제들을 해결하기란 쉽지 않은 상황이며, 이제 이를 위한 새로운 방법이 필요하다.

정기신의 힘을 하나로 모으는 것, 이것은 곧 육체적인 에너지, 심리적인 에너지, 그리고 정신적인 에너지를 하나의 에너지 상태로 만드는 것으로, 이는 정신통일精神統一, 심신일체心身一體, 심신일여心身一如처럼 정기신의 에너지를 하나로 집중하여 모으는 것을 말한다. 이렇게 정기신의 힘을 하나로 모으게 되면 이완의 힘이 세져서 훨씬 더 크고 깊은 이완을 할 수 있게 된다. 그리하여 '긴장 해소'를 더 효과적으로 할 수 있게 되면서 스트레스로 인한 다양한 증상을 훨씬 빠르고 이상적으로 해결할 수 있다.

정기신의 힘이 하나로 모아진 상태는 '깊고 충만한 이완 상태'로서, 이 상태는 치유의 공간이며 행복과 사랑 즐거움이 있는 공간이라고 할 수 있다. 다르게 말하면 이 상태는 뇌파의 안정, 감정의 안정, 치유 호르몬의 분비, 자율신경의 안정을 의미하며 긴장의 이완, 기분의 안정 등과 연결된다.

다시 말하면 이 상태는 궁극적으로는 고요하고 충만한 상태이자 긴장하고 집착하는 마음을 내려놓은 해탈의 경지, 영적인 성장, 우주 에너지, 치유 에너지 등과 기운이 연결되어 있다. 이는 곧 하나의 '시간과 공간의 상합된 상태'로 평소 알고 있었던 단순한 '편안한 이완 상태'를 넘어 '확장된 마음'이라고 할 수 있다. 이것은 칼 융에서의 '집합무의식'과도 같으며, 양자학에서의 '텅 빈 우주가 아닌 꽉 찬 우주'와도 비슷한 의미가 있다.

이렇게 우주의 허공은 텅 빈 공간이 아니라 무엇인가에 의해 꽉 차 있고 그것에 의해 우리가 정보를 주고받을 수 있다는 것으로, 이 공간을 칼 융은 '집합무의식'이라고 한 것이다. 그리고 이것을 양자학자인 데이비드 봄은 '초양자포텐셜'이라고 하였으며, 생물학자 루퍼트 셀드레이크는 '확장된 마음'이라고 하였다. 나는 이러한 의미를 함의한 것으로서, 정기신이 통합되면 이 공간의 에너지와 서로 연결이 가능하다고 본다.

그런데 정기신 이완요법에서의 이완 상태는 궁극적으로는 '깊은 무의식 상태'이기 때문에 충분히 이완되지 않으면 도달하기 어려운 지점이므로, 이 상태에 도달하기 위해서는 몸과 마음 그리고 정신적인 조건과 상태도 최소한의 기준에 어느 정도는 부합이 되어야 가능하다 할 수 있다. 그러므로 어느 정도 정기신의 통합적 치료가 가능한 시술자가 피시술자의 기운의 흐름을 잘 유도해주는 것은 매우 중요한 부분이라 할 수 있다.

왜냐하면 에너지는 빛이며 이는 상호 교류 공감 소통이 잘 일어날 수 있는 것이기 때문이다. 특히 피시술자를 잘 유도하기 위해선 그만한 에너지를 필요로 하므로 시술자가 여기에 대한 충분한 이해와 함께 밝고 건강한 정기신의 에너지를 지니고 있어야 한다. 그래야만 피시술자와의 에너지 교류와 소통 공감의 힘도 커질 수 있고 그만큼 긍정적인 효과를 볼 수 있겠지만, 그렇지 않다면 효과는 줄어들 수도 있다.

이와 같이 정기신 이완요법은 정기신의 통합적 치유방식으로 정기신의 세 가지 에너지를 하나로 통합, 융합시켜 치료하는 방법이라 말할 수 있다. 물론 사람마다 생김새가 다르고 성격이 다르고 생각이 다르듯이 정기신의 상태와 그 변화의 흐름 또한 다를 수는 있겠지만, 정기신 각각의 에너지장들은 하나의 거대한 초월적 에너지장 속에서 상호 연결되어 있으므로 그 변화가 크든 작든 서로 영향을 주고받을 수 있다. 따라서 이완요법을 진행할 때 이러한 부분을 잘 이해하면서 진행한다면 더 효과적인 방법이 될 수 있다.

태초에 하나님이 인간에게 숨을 불어넣어줌으로써 생명이 만들어졌다고 하듯이, 태어나 스스로 자신의 호흡을 시작하면서 비로소 존재할 수 있게 된 것이다. 또한 태어나 죽을 때까지 끊임없는 호흡을 통해서 생명을 유지하게 되므로, 호흡은 곧 '생명줄'이라 할 수 있다. 그러므로 호흡이 안정되면 정기신도 안정되고, 호흡이 안정되지 못하면 정기신도 불안정하게 되는 것이니 정기신을 안정시키기 위해서는 호흡을 이용하는 것이 가장 효율적이라 할 수 있다.

실제로 이완이 잘 되어 있을 때 호흡 또한 안정되게 되며, 반대로 호흡이 안정되면 자연스럽게 이완이 잘 이루어질 수 있는 것이기 때문에 호흡으로 정기신을 조절하는 것이 가장 효율적인 방법이다. 그러므로 이완을 잘하기 위해서는 이러한 호흡을 잘 조절하는 것이 매우 중요하다.

우리는 자신을 비롯한 주변의 많은 증상이나 질병을 치료하거나 관리할 때, 편안한 휴식과 안정은 회복과 치유에 많은 도움이 되며 심신의 긴장은 나쁜 결과로 이어질 수 있다는 것을 잘 알고 있다. 따라서 질병을 치료할 때 치료와 직접적인 연관은 없다고 하더라도 마음을 편하게 하거나 긍정적인 생각으로 스트레스를 받지 않도록 해야 한다는 것은 잘 알고 있는 부분이다. 이처럼 이완은 모든 질병의 치료와 관리에서 중요한 부분이며 기본이 된다.

정기신 이완요법은 정기신을 하나로 통합시켜 더 증폭된 힘을 통하여 긴장된 정기신을 이완시켜 질병을 빠르게 회복 안정시키고자 하는 치료 방법으로 이완을 통해 좀 더 건강하고 충만한 자신을 이루고자 하는 것이다. 그러면 긴장하고 집착하는 마음도 조금은 내려놓을 수 있고 자신을 좀 더 이해할 수 있으며, 자신을 재인식하는 계기도 마련할 수 있다. 그리하여 정기신 이완요법을 알기 전보다 훨씬 편안하고 안정된 삶을 살아갈 수 있으리라 믿어 의심치 않는다.

스트레스 제로의 문을 연다

이완과 치유

지은이_ 윤종천
펴낸이_ 조현석
펴낸곳_ 북인
디자인_ 홍숙

1판 1쇄_ 2022년 02월 19일
출판등록번호_ 313-2004-000111
주소_ 04002 서울 마포구 서교동 460 - 34, 501호
전화_ 02-323-7767
팩스_ 02-323-7845

ISBN 979 - 11 - 6512 - 046 - 7 03810